COLLECTION

L'IMAGINAIRE

Pierre Gascar

Les bêtes

Gallimard

Pierre Gascar est le pseudonyme de Pierre Fournier, né à Paris en 1916. Après avoir été détenu par les Allemands de 1940 à 1945, il fit un retour spectaculaire sur la scène littéraire en 1953 en obtenant le prix Goncourt pour *Le temps des morts*, inspiré de son expérience des camps. Écrivain prolixe, il est l'auteur de nombreux romans, de recueils de nouvelles et d'ouvrages documentaires. Il décrit avec originalité le monde végétal et minéral, source de rêveries et de métaphores. Il reçoit en 1994 le prix Roger Caillois pour l'ensemble de son œuvre. Il est décédé en février 1997.

brusquement devenir son passé réclamait un délai : il n'y aurait donc jamais de trêve !

Il avait ainsi dépassé l'entrée du baraquement et se trouvait maintenant devant un vaste espace plus sombre au bord duquel, dans un ordre qu'il ne devinait pas, des arbres reprenaient. Depuis quelques instants, à mesure qu'il approchait de ce verger, il percevait une rumeur étrange qui bientôt grandit, devint identifiable et le fit s'arrêter de surprise. Cela s'agitait et bruissait comme une mer qui se serait étendue devant lui. Des souffles profonds, des froissements, des hennissements semblables à des espèces de sanglots, se mêlaient à des bruits de chaînes agitées, tandis qu'à mille endroits un piaffement rapide résonnait sur la terre sèche de l'été et donnait un nom à l'odeur prisonnière sous les arbres, dans la pesante mobilité de l'air.

Les sautes de vent qui devenaient plus fréquentes depuis quelques instants et faisaient courir un soupir dans les feuillages noirs soulevaient chaque fois cette masse confuse, cet élément animal où, sans cela, aurait peut-être fini par s'établir, à défaut du silence, un rythme rassurant de repos. On entendait alors se heurter, à nouveau, plus violemment, d'invisibles corps gigantesques, mille chaînes bruire ainsi que les amarres dans un port houleux, monter des hennissements désespérés, et l'odeur, dispersée, disparaissait un moment. C'était alors une force plus vaste et plus mystérieuse que la présence de cent chevaux qui se cognait ici aux troncs sourds, faisait rouler les cailloux, enfermait sous ces arbres son inexplicable tourment.

Le premier éclair révéla à Peer un mêlement de croupes luisantes, de têtes chevalines, tendues dans cette torsion, ce rejet violent du visage vers l'épaule par lequel les damnés de l'enfer — quand passent le Dante et son guide — expriment leur curiosité désespérée, leur avidité haineuse. Un hennissement plus clair monta, auquel répondit un hennissement plus pur encore qui évoquait la nervosité coursière et, si voisine, la fringance du plaisir amoureux. Le vent qui s'était maintenant levé tout à fait brassait des feuilles et établissait au-dessus de l'enfer chevalin un bruit long et sans faille, une ardeur basse — brasier ou mer — le climat de cette damnation. Des éclairs jetaient leur lumière d'un blanc bleu sur une cohue de chevaux nus. Le tonnerre roula dans le ciel, convoya le vacarme pendant une seconde et, très loin, des chevaux pleurèrent. Des gouttes de pluie commencèrent à tomber. Peer entendit du côté de la première vague de l'orage des hommes crier dans un bruit de galop.

Il revint alors sur ses pas en courant, retrouva la baraque et y pénétra ; la lumière l'éblouit et le silence dans lequel il plongea lui rappela soudain la réalité. Un soldat était assis à une table :

— Salut.

Il interrogea Peer du regard :

— B 2 ? Alors, c'est le sous-off. à côté. Tu échappes de justesse à l'averse.

On l'entendait crépiter maintenant sur la mince toiture. Peer imagina l'affolement qu'elle devait amener parmi les bêtes, puis il se rappela ces chevaux ouvriers laissés attelés sous la pluie, statues cirées à la tête un peu basse. Il se trouvait devant deux sous-officiers penchés sur leurs papiers.

— Ta feuille... Tu as deux jours de retard... dit celui qui avait pris la feuille verte des mains de Peer sans lui accorder un regard.

Il avait saisi son porte-plume. Peer donnait quelques explications par pure politesse, voyant qu'on n'attachait aucune importance au fait qu'il eût apporté dans son départ pour la guerre la pondération, l'esprit de mesure qui accompagnent l'exécution des grandes affaires bourgeoises.

— D'ailleurs, dit-il, il y a une erreur.

L'autre s'arrêta d'écrire, le regarda une seconde et revint à sa tâche.

— Oui, disait Peer, je n'ai pas été affecté à cette unité. (Il avait fait son temps légal dans les camions.)

L'autre le voyait bien ; il faisait « oui » de la tête sans cesser d'écrire. Peer essayait d'expliquer à quoi il attribuait cette erreur, mais, à chaque instant, son discours était interrompu par une brève sonnerie de téléphone qui jetait le sous-officier sur l'appareil pendant au mur. Presque toujours, la main en conque sur le cornet, le regard fixe, il répondait avec empressement, avec joie, comme s'il n'avait jusqu'alors vécu que dans l'attente de cette communication.

— Je vous branche sur le bureau du capitaine, criait-il.

Il manœuvrait des fiches et revenait s'asseoir en faisant entendre un bruit de succion dans ses dents, satisfait. On entendait alors, très loin, tout au fond du bruit de l'averse, une voix grave, pleine de vides et, reprenant, plus grave encore... Non !, Peer ne comprenait pas qu'on s'obstinât à l'affecter à des unités qui n'étaient pas celles où il était susceptible de rendre des services.

A ces derniers mots, le sous-officier eut un petit geste qui exprimait à la fois l'indifférence et l'agacement. « Il est des phrases qu'un soldat ne doit pas dire : une vieille humilité est requise chez l'homme de troupe, sa valeur lui est dictée et il ne saurait, sans fausser les règles du jeu, en avoir une nette conscience ; à ce niveau — ton niveau,

Peer — l'esprit de discipline et l'esprit de sacrifice sont soutenus par un constant sentiment d'indignité ou, ce qui est mieux encore, par pas de sentiment du tout. » Le sous-officier ne disait pas cela. Il disait « qu'on verrait plus tard », qu'on écrirait à tel endroit, qu'en attendant, il serait affecté à la huitième section. Sentant l'air définitif que prenait cette incorporation, Peer voulut résister. Ne pouvait-on pas, en considération de sa situation fausse, lui donner une place où il conserverait sa qualité de « subsistant » ?

— Est-ce que c'est bientôt fini ? demanda avec colère, en relevant la tête, le gradé qui n'avait jusqu'alors rien dit.

— Enfin, Bon Dieu, j'ai droit... continua Peer.

— Droit, droit, à quoi ? cria l'homme en se levant.

Peer sentit que son corps était heureux de se lever, de se détendre dans la colère.

— Il n'y a plus de droits individuels, maintenant. Tu n'as pas encore compris ça ?

Et Peer fut obligé de répondre et il ne trouva que des mots maladroits. L'autre sous-officier qui avait repoussé ses papiers fixait sur Peer un œil plein de malignité, en approuvant les paroles de son collègue. Dans la cloison, une porte que Peer n'avait pas remarquée s'ouvrit tout à coup : c'était le capitaine. Il s'arrêta et regarda Peer qui, justement, parlait :

— C'est ça, crie ! lui dit-il doucement. Crie plus fort encore ! Tu es tellement important. Il n'y a que toi qui compte, n'est-ce pas ? Nous t'avions oublié.

Son œil se durcit :

— ... Ecoute (sa voix n'était pas plus forte), j'ai ici peut-être huit cents bêtes, peut-être plus... J'ai... mais à quoi bon ?... Punissez cet homme, dit-il en se tournant vers le sous-officier. Vous voyez, pas de fourrage, pas de matériel, pas d'hommes, et « ça » revendique, ça crie ; ... ça crie, répéta-t-il encore machinalement.

C'est alors qu'à travers le bruissement de l'averse, Peer entendit une galopade et ces sortes de clameurs happées des gens qui crient dans la course. L'officier s'élança en jurant, courut vers la porte. Le battant demeuré ouvert sur son passage laissa pénétrer un grand souffle frais et la lumière de la pièce rencontra un écran de nuit que griffait une pluie oblique. Peer, les deux sous-officiers et le planton restaient sur le seuil. Un cheval passa tout près, lancé au galop, et se rejeta hors de la tache de lumière que les lampes du bureau devaient projeter sur le sol.

— Combien y en a-t-il ? cria un sous-officier à un homme qui achevait de courir derrière la bête, ralentissait, les bras levés dans un geste d'impuissance.

Il ne savait pas, toute une cordée, quinze, vingt peut-être. Plus loin, on entendait se poursuivre ce qu'ils imaginaient être des mouvements tournants, signalés par des cris diversement situés qui se désolaient dans l'immensité nocturne et par des bouffées de galop : un carrousel désespéré.

Un bruit de trot s'avança vers eux : « un qui revient ». Les quatre hommes, d'un seul mouvement, coururent former une ligne sous l'averse, disparurent. Peer ne bougea pas. Il les entendit, déjà assez loin, qui effrayaient la bête et la rabattaient sur lui, sans le vouloir. Quelques secondes après, il vit apparaître un cheval à la tête baissée qui s'approcha de la lumière et regarda Peer immobile.

— Va ! lui dit-il au fond de lui et il fit claquer sa langue. Echappe-toi !

Justement, un des quatre hommes accourait vers le cheval. La bête secoua sa tête luisante et se lança dans l'ombre.

— Tu ne pouvais pas l'attraper ? cria l'homme irrité. Il avait encore son licol !...

Peer ne répondit pas et sortit dans la pluie ; il sentait que ce soir, l'amitié des hommes lui était refusée, la grâce sans laquelle maintenant il savait qu'il mourrait ; il valait mieux remettre à demain tout rapport avec les êtres de son espèce qui, pour leur venue (il avait vécu si isolé jusqu'alors) étaient par malchance les hommes de la guerre. Il se dirigeait parallèlement à l'espace qu'occupaient les bêtes, pensant trouver dans cette direction le bâtiment où les hommes vivaient.

Les mouvements qu'avait amenés la fuite des bêtes, les cris et les bruits de galop qu'on entendait toujours au loin, avaient augmenté le trouble du parc. Peer longeait un abîme hennissant. La nuit était si noire qu'il ne distinguait plus les arbres qu'il longeait. Il lui semblait qu'il marchait depuis longtemps déjà lorsque, de surcroît, il dut détourner ses pas afin de ne pas se heurter à d'autres bêtes à l'attache qui lui barraient le chemin. Pas un être. La pluie glissait sur son calot et mouillait ses tempes. Il se disait qu'il devrait retourner au bureau, s'informer de l'endroit où il pouvait loger, demander une lanterne, mais le souvenir de la scène qu'il venait d'avoir avec l'officier, le souvenir de son attitude hostile, lui fit abandonner cette idée.

Il marchait avec précaution, étendant de temps en temps les bras devant lui, à la rencontre des obstacles que son imagination dressait dans l'obscurité. Le terrain détrempé s'enfonçait sous ses pas. Il n'entendit plus, tout à coup, la rumeur des chevaux sur laquelle il se guidait. Il y eut bientôt sous lui une terre labourée dont le frémissement de la pluie, infini, révélait l'étendue. Un grand découragement alors le gagna et, faisant demi-tour, il se hâta vers la présence vivante des chevaux. Il crut ne pas les retrouver, puis il se vit presque au milieu d'eux. A un moment, il toucha une croupe mouillée dans l'ombre ; il errait sans pensées.

Plus tard, beaucoup plus tard, alors que, trempé, il s'était appuyé à un arbre, il aperçut la lumière d'une porte qui s'ouvrait. Il y courut, trouva une écurie et des hommes.

— On peut dormir ? demanda-t-il, en avisant un tas de paille dans l'entrée.

— Sans doute.

On le questionna, mais il comprit mal les paroles qu'on lui disait et il se coucha sans répondre. On crut qu'il était ivre.

Le lendemain, Peer entra à la huitième section. Il s'était réveillé, frissonnant dans ses vêtements mouillés, au milieu de la cohue des chevaux qu'on menait boire. Renseigné par le palefrenier, il avait trouvé l'emplacement de son unité et s'était installé dans le coin d'une des trois grandes pièces où elle était cantonnée, après avoir parlé à un brigadier qui lui avait seulement demandé son nom pour des listes. De la paille était étendue sur le plancher, tout le long des cloisons, et quelques hommes dormaient encore, le visage maussade dans la lumière du jour gris, leur vareuse boutonnée à la taille, remontée sous les bras, se gonflant tout autour d'eux et leur donnant une enflure de cadavre.

D'autres, assis à l'orientale, mangeaient presque sans parler, mâchant, avec un regard fixe, le pain des ouvriers, lourds de leur fonction animale et, peut-être, d'un secret désespoir. A leur langue qu'il comprenait à peine, Peer reconnut des hommes du Sud (brutalité légendaire) et, les saluts échangés, il marqua son éloignement. Par les vitres où la pluie incertaine mettait quelques gouttes d'une limpidité azurée, il voyait passer des chevaux que menaient des hommes, chacun d'une façon différente, avec une attitude particulière, dans une image originale, comme si s'étaient déroulées, dans le matin neutre, les figures incohérentes d'un universel cycle chevalin ; comme si, hors du temps présent, une vaste imagination dresseuse avait exercé, tantôt avec violence, tantôt avec abandon, son pouvoir plein de formes.

D'une image antique, il y avait un cheval retenu, la tête levée, la bouche tirée par le mors, tandis que son conducteur, les pieds presque joints, la taille creusée et le bras tendu vers le haut, renversait sa tête avec la même fierté silencieuse ; puis un cheval des pays plats, l'encolure basse qu'inondait la crinière, précédé par un homme lent, enchaîné à la bride; une jument blanche parfaitement droite avançait sans un heurt à la hauteur de l'homme dont le profil s'apercevait derrière celui de la bête et un vieux symbole les accouplait presque charnellement ; un lourd cheval marchait avec tous les mouvements de ses muscles sous la peau, surtout à l'épaule, et secouait sans arrêt sa tête et ses oreilles, comme si ç'avait été réellement difficile de maintenir dans son corps le glissement de toutes ces petites vagues de chair ; il y avait des trots qui manquaient de naturel et, enfin, des galops qui étaient de tous les temps, qui appartenaient à toutes les images, parce qu'ils étaient la suprême violence et la suprême évasion, le suprême besoin.

Les hommes s'étaient approchés de la fenêtre.

— Il s'en est encore échappé...

— Combien y a-t-il de chevaux ? demanda Peer.

— Sept cents, huit cents !

On ne pouvait pas donner un chiffre exact. Il y en avait partout : des gens en amenaient chaque jour. Chaque jour, il en mourait : la plupart manquaient de nourriture, devenaient furieux, rongeaient les cordes qui, à défaut de chaînes, les maintenaient attachés. Des palefreniers s'étaient fait arracher des morceaux de chair au visage, d'autres avaient été tués d'une ruade. Peer expliqua que, pendant la nuit précédente, il s'était égaré dans le parc.

— Quel parc ?

On ne voyait pas l'endroit qu'il voulait dire : « des arbres, tant de chevaux dehors, la nuit ? » D'ailleurs, l'attention commençait à être attirée par le spectacle qui, depuis quelques instants, mettait de l'animation dans ce cadre de campagne plate où défilaient auparavant ces âmes chevalines en peine. Des hommes avaient enfourché leur monture et galopaient derrière les chevaux fuyards ; d'autres, à pied, les bras levés, la bouche distendue par un cri, dressaient, en se mettant en ligne, une barrière aux intervalles démesurés, dérisoires, mais bientôt si mobile et si réelle autour de chacun de ces corps en croix, fous de volonté, que les bêtes faisaient brusquement volte-face et, trouvant alors devant elles leurs poursuivants, dressaient leur tête dans un hennissement désespéré et se laissaient prendre, l'œil ouvert, rouge et blanc. Tenues par le cavalier qui était maintenant contre elles, elles revenaient, entre temps, à petits coups et en secouant la tête sans violence, image du chagrin, d'un rythme brisé. Peu à peu, le tumulte s'apaisait.

— Le nouveau ? demanda derrière Peer un gradé qui venait d'entrer dans la chambre.

Quand on lui eut signifié l'arrêt qui le condamnait à la garde des écuries jusqu'à ce que sa conduite eût racheté sa faute de la veille, Peer jugea bon de se rapprocher de ceux qui pouvaient lui donner d'utiles conseils. Ils ne lui prêchèrent que la violence et, comme ils le sentaient incapable de l'exercer, ils donnaient à leurs paroles un ton distrait, voisin du mépris.

Peer se retira et se prit à imaginer une ligne de conduite. Il aimait les bêtes : les chevaux particulièrement, avec la vieille histoire de domination virile, d'espace bu, que leurs lignes évoquaient, tenaient une place dans ce cœur qui vivait beaucoup de facilité. Le choc de la guerre, la brusque absence de certains visages, le dépaysement, l'incitaient à une douceur franciscaine qui était toujours l'expression intérieure de ses malheurs, quand il rêvait ses malheurs. Il pensait donc à une domination pacifique, à un pouvoir soudain qui courberait les bêtes et les hommes. Mais bientôt, derrière ses pensées, beaucoup plus forte qu'elles, l'impression le gagnait que, sous l'équivoque des formes et les mille rappels, vivait ici une race animale à laquelle rien ne l'avait jamais lié, comme si la guerre avait amené véritablement un autre règne animal et humain, une damnation permanente jusque dans les formes, l'implacable invasion d'une plastique qui se tenait jusqu'alors là-haut, toute prête. Et il s'en remit au destin. Il attendit la nuit et gagna l'écurie à laquelle on l'avait affecté.

Sous la faible lumière jaune des lampes, à perte de vue, étaient rangés des chevaux en tête-bêche. Des mouvements agitaient cette foule de bêtes mêlées, dans les nuages d'une poussière irritante, sans fin, à la façon des remous épars que produisent des courants invisibles. Mille bruits divers exprimaient l'effort sur place, les brisements des élans, l'énervement bridé ; à certains moments, une tête se dressait très haut, puis retombait vite, comme abattue, dans le tourment de cette hydre en gésine. On montra à Peer ce qu'il devait faire. Le détail des gestes comptait peu pour lui : ce qu'il devait faire, c'était d'abord, et presque seulement, pénétrer dans cette effervescence animale où couraient de si brusques inspirations...

Pour atteindre la ruelle sur laquelle les museaux se penchaient comme sur une mangeoire, il fallait se frayer un passage entre deux croupes connues pour leur placidité. C'était facile. Les ennuis ne commençaient vraiment que lorsqu'on se trouvait entre ces deux rangées de têtes nerveuses et de sabots agités que de brefs combats ou de lents mouvements d'ensemble confondaient souvent. Le sac d'avoine sous un bras, il s'agissait de frapper devant soi avec le bâton dont l'autre était armé, de façon à amener un recul suffisant de toutes ces têtes à l'œil agrandi. On semait le grain au hasard des sursauts que le combat imprimait au sac béant. Ne jamais s'arrêter. Affolés à la vue du grain qui venait de se répandre, les chevaux se « refermaient » derrière l'homme et ces palefreniers qui n'étaient que violence craignaient follement pour leurs reins, siège de l'agilité et de toutes les puissances viriles. Chacun de leurs gestes conservait la conscience de cette vulnérabilité.

Comme Peer se glissait entre deux chevaux qu'on lui avait indiqués, une vague courut le long de la rangée, pressa les corps les uns contre les autres, et il connut ce lent écrasement entre deux masses vivantes qu'il n'avait jusqu'alors éprouvé que dans ses rêves. Il pouvait respirer cependant ; il appuya ses poings et ses coudes sur des côtes que la faim avait fait saillir, il se pencha de tout son poids en avant. Le hasard fit que les bêtes s'écartèrent. Peer tomba dans la ruelle. Alors, il eut peur et comme il se relevait et qu'un cheval avait jeté vers lui sa tête, debout, il frappa de toutes ses forces.

Le bâton vibra douloureusement dans sa main : il avait fait chanceler le monde et il fut soudain guéri de sa peur. Mieux que guéri. Un hennissement aigu monta : la bête avait sauté en arrière, tirant sur la corde où les autres étaient tenues ; d'autres hennissements s'élevèrent ; toute la rangée flotta ; des sabots battaient l'air où des nuages de poussière sombre montaient. Peer avait repris le sac d'avoine qu'il traînait sur le sol en le laissant tomber de temps en temps pour qu'il se vidât. Un cheval mordit le sac au passage. Peer se retourna, frappa, reprit sa marche, frappa. Il faisait un pas, il frappait ; il frappait de fines têtes de chevaux travailleurs qu'une mèche faisait ressembler à d'honnêtes fronts de sacristains ; il frappait des naseaux ensanglantés par les coups de la veille ; il frappait des chevaux mourants qui regardaient entre leurs pattes de devant, qu'à chaque seconde la terre tirait un peu plus à elle ; il frappait aussi des bêtes pleines de feu et de hargne, qui relevaient leurs lèvres sur des dents carrées et coupantes, dénudant leur bouche plus haut que les gencives, jusqu'à découvrir l'architecture rouge et humide des naseaux, ajoutant ainsi à la menace l'image même de la chair vive. Ce n'était plus, alors, ces têtes oblongues de chevaux pacifiques, toutes de patience, de bonté osseuse où s'accrochent des yeux trop gros et clignants de fatigue : c'était ces quatre coups de crayon des vieux dessins asiatiques, ces têtes rejetées et toutes déformées par la force qu'on voyait dans les mêlées anciennes, ces grands creux des orbites où il n'y a plus d'œil, mais une ombre, parce que le noir est une couleur qui va vite, comme la violence et la mort, la brèche de la bouche que fait fleurir et éclater sans éclat le fer affreusement lisse du mors.

Peer frappait, et il ne visait plus. Un dernier coup. Il atteignait le bout de la rangée, son sac était vide depuis longtemps. Un homme le regarda avec étonnement : « Eh bien ! » Peer s'assit. Le vacarme continuait dans les autres parties de l'écurie où les palefreniers livraient des combats semblables à celui duquel il sortait. Plusieurs se plaisaient à crier, à psalmodier très fort les rapports qu'ils avaient, en ce moment, avec les bêtes. Ils mêlaient à ces modulations des inventions comiques ou de baroques révélations de leur colère : ils effilaient leur « Hoooo » jusqu'à en faire un sifflement d'oiseau ou le faisaient exploser dans un éclat de voix terrible. L'impression générale était d'enfer.

Dès lors, la vie de Peer ne comprit plus que de pareilles heures passées dans le vacarme, la colère et le danger et que le temps du sommeil avec de très courts moments de loisir assombris par la pluie continuelle. Les revers effroyables que les armées essuyaient sur le front amenaient une désorganisation générale dont le dépôt, pour quelque retiré qu'il fût, souffrait. Les arrivages de fourrage déjà insignifiants se firent plus rares encore ; les nouvelles manquèrent ; le ravitaillement des hommes devint difficile.

Réveillé vers la fin de l'après-midi, Peer regardait, appuyé le long d'une fenêtre, les allées et venues de plus en plus lentes qui se poursuivaient à travers le camp. On eût dit que s'effectuait un universel travail d'unification, une lente osmose tendant à une confusion absolue de toutes les couleurs, de toutes les formes et de tous les temps divers. La pluie échafaudait des tons déjà très avancés de grisaille, au-dessus du sol détrempé où, en mille flaques, se reflétait cette clarté compromise ; des fumées blanches montaient des bois voisins et estompaient les frondaisons ; les chevaux et les hommes, enlisés jusqu'aux chevilles et las de ce soir gris, de ce désordre, n'avançaient qu'avec une extrême lenteur en dépit de l'ondée, gagnés par l'immobilité de ce paysage et comme dangereusement charmés par sa tranquillité pluvieuse ; la pluie, la pluie sur les toits, dans les flaques, la pluie sur le drap des vêtements était comme l'action d'abord du calme, la réduction de tous les rythmes, l'infanterie du silence... « Peer ! » De nouveau, c'était l'heure. Dix minutes plus tard, Peer retrouvait la cohue et les coups.

Parfois, comme au début de son service, il faisait encore jour, on l'envoyait aider un moment les hommes de l'équipe d'enfouissement. Combien mourait-il de chevaux, chaque jour ? Nul ne le savait. Plusieurs groupes, armés de pelles, dispersés dans le camp, creusaient des fosses au bord desquelles, amenés dans des charrettes, basculaient les cadavres avec leurs sabots de devant relevés avec grâce, leur désespérante mollesse, leur mouche noire, inlassable comme un esprit, rasant longtemps la terre meuble qu'on jetait, pelletée par pelletée, sur les corps. Peer prenait un vrai plaisir à ce travail qui n'avait plus enfin pour objet une présence remuante, pleine d'instincts et de passions, de choses incertaines. Il aurait pu demander à y être définitivement affecté, n'eût été la colère du capitaine qui le poursuivait à distance. Il fallait se résigner. La nuit venue, Peer rentrait à l'écurie dont la chaleur, pendant quelques instants, lui semblait bienfaisante au sortir du froid crépuscule mouillé.

Les nuits étaient diverses, passés les soins généraux que tous les palefreniers donnaient ensemble avant les tours de garde individuels et qui ne comportaient que des accidents connus, sinon prévisibles. Tantôt ce n'était que l'effervescence habituelle, tantôt des batailles rapides jetaient le désarroi dans un coin de l'écurie ; d'autres fois, les bêtes se détachaient et se ruaient dans la foule de leurs semblables. Il fallait alors garder les issues, cerner la bête qui finissait, pour échapper aux coups, par se glisser entre deux croupes ; on ne devait pas songer à aller la rattacher au milieu d'un tel désordre : on se contentait de la surveiller — de les surveiller quand il arrivait qu'elles fussent plusieurs —, le fouet au pied, immobile comme une sentinelle, avec la dure lumière des lampes dans les yeux et la lassitude de tout.

L'exaspération s'étendait souvent jusqu'aux hommes que minaient l'insomnie et la chaleur. Des palefreniers échangeaient des coups, sans un mot, puis perdaient leur figure de meurtre et recommençaient à discuter en se passant des gourdes d'eau-de-vie. Peer était tenu à l'écart. On s'étonnait de la brutalité qu'il manifestait avec les bêtes. Ou plutôt de la nature de cette brutalité. Ses violences avec les bêtes ne dépassaient pas celles de ses camarades mais elles se distinguaient par une sorte de désespoir, de silence absolu qui surprenait ces hommes chez qui la colère relevait toujours un peu d'un certain lyrisme de la force.

Afin de dissimuler ce que les coups qu'il assenait aux chevaux exprimaient de peur profonde, de désarroi, Peer s'était appliqué à gagner la maîtrise de ses gestes, à les empreindre d'un calme redoutable, et il s'était bientôt aperçu qu'en leur donnant cette plus grande dignité, il augmentait leur efficacité, leur justesse. C'était de ces coups d'intellectuel qui font des bleus — chocs d'une force malsaine, servie par une demi-impuissance, lancés avec science et maladresse, avec une panique froide. Cela, il ne le savait pas. Ce qu'il savait aussi c'est que chacun de ses coups le plongeait un peu plus dans un univers grimaçant où les chevaux n'étaient que férocité, les hommes que haine. Il forgeait ses propres démons. Le fouet haut, il dressait, pour des galops longtemps contenus, pour une ruée dont il éprouvait d'avance le caractère final, les images pénibles de ses jours.

Un jour de grande furie, de grande furie chevaline, comme il se trouvait acculé contre une paroi par un cheval à demi fou qui, effrayé de tous côtés, dansait sur place dans des ruades, il saisit un énorme pieu et le lança à la tête de la bête. La bête hennit, courut en secouant la tête : il lui avait crevé un œil. Un sous-officier abattit le cheval et le personnel de l'écurie se tailla d'énormes quartiers de viande. Peer n'en mangea pas et cette délicatesse, au lieu de lui valoir un regain de considération, renforça l'idée que les autres se faisaient de lui : vraiment des nerfs de femme.

Mais il ne s'apercevait plus de ce mépris croissant dont il était environné. La guerre commençait par une véritable débâcle et, privés d'ordres, de cadres, d'effectifs, les officiers du dépôt ne pouvaient plus exiger la continuation d'un service que, d'autre part, le manque de matériel et de ravitaillement rendait de plus en plus difficile. Les litières pourrissaient, l'atmosphère des écuries devenait irrespirable, les bêtes mouraient par dizaines. Vautrés dans la paille, les hommes buvaient l'alcool que trois cavaliers, aux montures choyées, ramenaient chaque soir, après avoir abattu quinze lieues, et, la garde se relâchant, Peer n'était plus obligé de se tenir au milieu de ses camarades.

La pluie cependant durait toujours et les vents froids du brusque automne le chassaient de la chambre mal étanche où il aurait eu le loisir de demeurer plus longuement. Et puis... Et puis n'y avait-il pas une force secrète qui le poussait à s'accrocher à ce pénible service que personne n'exigeait plus ?

Il élut bientôt domicile dans une réserve de paille attenant à l'écurie d'où lui parvenait la chaleur maintenant précieuse des bêtes. Il devenait moins sensible au bruit et connaissait, dans l'incessant vacarme, des sommeils démesurés emplis de rêves difficiles, dont l'écho se prolongeait longtemps après le réveil qui le rendait à un monde où il retrouvait l'atmosphère un peu étouffante et la lumière vieillie du monde inconscient.

Cette claustration où il y avait à la fois de l'acagnardissement et du surmenage, la sous-alimentation et l'influence surtout de l'air profondément vicié, altéraient peu à peu sa santé. Il augmentait l'effet moral de cet affaiblissement corporel par l'abandon des soins de propreté qui lui semblaient maintenant dérisoires. Le miroir lui communiquait ainsi un dégoût que tout son corps, par mille sensations confuses, sournoisement, lui suggérait déjà. Et comme si, jusqu'alors, sa simple dignité extérieure, sa tension artérielle normale, sa modération de dormeur, avaient été des obstacles, le malheur le toucha. Il est des chemins inconnus. Un sommeil trop long qui tourne mal, la fatigue physique qui vous jette au même endroit que le désespoir, ce ciel pluvieux qui implique toutes les bassesses, et le malheur arrive, ou éclôt.

La ville de Peer fut prise par l'ennemi, après une bataille qui n'y laissa que des ruines et, dans cette ville blafarde, sous ses haillons de fumée, où sont ceux que tu aimes ?

Les chevaux dansaient sous les coups, avec leur effrayante maigreur qui, ne recélant pas encore la mort, ne pouvait receler que la folie. Oh, c'étaient de tout autres chevaux ! La famine, les coups de Peer leur donnaient des attitudes de chiens errants, de carcasses vicieuses. Il en mourut un ou deux ; puis deux sur deux dans certains coins, mais l'écurie n'était pas encore vide. Il s'en fallait. « Deux sur deux, mon Dieu, deux sur deux ! » demandait parfois Peer, couché dans la paille, avec tous les brins de paille qui le piquaient et tous les brins de son malheur.

Les officiers envisageaient cependant une réorganisation, une descente générale vers la vallée où l'on trouvait encore de l'herbe. Il fallait des cadres. On vint dire à Peer qu'il était nommé brigadier.

Le temps n'était plus où une promotion de ce genre, pour aussi commune qu'elle fût, entraînait une amélioration sensible de l'état matériel de celui qui en était l'objet ou, du moins, où elle pouvait le soustraire à ce qu'avaient de plus pénible le service et la promiscuité. Peer demeura sur son tas de paille. Il entendait se manifester le mécontentement de ses camarades qui venaient d'apprendre la nouvelle. Alors que le personnel de l'écurie était déjà insuffisant, transformer l'un d'eux en chef !... Et quel choix !

Peer se leva, alla vers eux et leur dit qu'il

continuerait à assurer son service de palefrenier. Pourquoi agissait-il ainsi ? Par esprit de solidarité ? Non. Il ne connaissait plus depuis longtemps ce climat de pureté virile où vivent de grands mots. Par crainte ? Peut-être, et puis parce qu'il ne tenait pas à sortir de cette vie heurtée et basse qui constituait la nuit de son malheur, avec tout ce que la nuit implique d'indolence et, quoi qu'il en soit, de sécurité. Bien qu'il connût par elle, et grâce aussi à une somnolence qui devenait permanente, une sorte d'inconscience, il formait encore des pensées : « Qu'étaient les chevaux et pourquoi frappait-il les chevaux ? »

Parfois, pressé par ces questions, il se levait et allait se planter devant la bête la plus proche. Les yeux. Il était tout de suite attiré par les yeux. Instinct profond qu'on retrouve à la fois dans le combat sauvage et dans l'amour. Ici ? Ici, il faisait un grand effort ; il disait : « Pauvre bête, pauvre bête. » Et les yeux demeuraient une eau calme, et ces mots mouraient bientôt dans son silence. Il ne pouvait s'empêcher de penser que, lorsqu'il frappait, qu'il déchaînait la furie chevaline, le monde ressemblait à quelque chose. Le cheval qui hennit, saute et se cabre, commence à pénétrer dans un ordre social ; son malheur à lui, Peer, sa solitude, la guerre, ce cauchemar perpétuel, allait prendre un sens : il ne s'en fallait que d'une ligne. On frappe, on frappe... et les êtres meurent juste au moment où ces mouvements fous, cette damnation, allaient révéler la vérité du monde où nous gémissons. Il revenait insatisfait : « Brigadier ! »

On prenait maintenant l'habitude de l'appeler lorsqu'on ne parvenait pas à avoir raison d'une bête. Non qu'on reconnût sa maîtrise, mais on se plaisait à le voir exercer ses bizarres violences.

Il n'osait se soustraire et, d'ailleurs, il doutait que la malignité de ses camarades fût réelle puisqu'il ne la justifiait par aucun échec. Il parlait de moins en moins.

Des semaines passèrent sans que la descente dans la vallée que retardaient tantôt de nouveaux projets, tantôt le mauvais temps, tantôt la perspective de l'arrivée de renforts ou de matériel, ait eu lieu. A l'approche de l'hiver, l'idée semblait en être abandonnée. C'est à cette époque que Peer commença à avoir des rêves.

C'était si classique qu'il s'accusa tout de suite, pensant qu'il était victime de la force de suggestion de certains souvenirs, de certaines légendes moralisatrices du temps de son enfance. Et puis, était-il si extraordinaire que, vivant sans cesse dans la présence et la rumeur des chevaux dont son sommeil même était battu comme par une eau, il connût des songes pleins de sabots levés, d'encolures tordues et d'angoisses équestres ? Il se perdait souvent parmi d'innombrables bêtes pressées. Il luttait, succombait, était foulé aux pieds. Puis parfois, il sentait brusquement s'évanouir toutes ses souffrances. C'est que, cavalier, il s'élançait alors à travers des espaces déserts où nul vent même ne s'opposait à sa course et ne le privait de l'exaltante impression de légèreté aérienne qui, d'abord, serrait un peu son cœur puis le libérait tout entier...

Mais bientôt, les lieux de son tourment revenaient ; les histoires de cette arche obstinée à subsister sur l'étendue pacifique des flots se refermaient sur lui et il s'éveillait, gémissant, plein d'hébétude. Ce trot, leit-motiv de ses rêves, cette échappée sur l'espace vers laquelle ils tendaient auraient pu lui apprendre les causes de la rancœur qu'il assouvissait sur les bêtes, lui dire au moins l'un des noms que portait son malheur. Il n'était plus temps.

Dans la lumière de ses yeux, il voyait parfois se mouvoir des taches, et il savait à demi qu'il serait bientôt de ce monde qui l'attirait à lui avec ces gravitations lentes, un peu à la façon dont on fascine le désir d'un enfant en jonglant, d'assez loin, avec le fruit, l'objet que, jusqu'alors, il ne convoitait presque pas.

Il avait considérablement maigri. Il surprenait dans le regard de ses semblables cette curiosité sévère, déjà presque suspicion, que provoquent les gens chez qui couve la démence. Chez les palefreniers, cet air de froide attention devenait tout de suite celui avec lequel ils suivaient les mouvements d'une bête encore jeune. Déjà, Peer commençait à prendre peur, poussé plus fort vers sa perte, par ce trac que déclenchent infailliblement, avec leur visage trop sévère, trop long de science, le médecin des fous et le dresseur de chevaux. L'un d'eux allait s'avancer vers lui et lui tordre un bras et il pleurerait de honte et de faiblesse.

Et l'écurie dansait de plus en plus sur place, s'emplissait de milliers de forces folles bridées. En dépit de l'état de faiblesse dans lequel elles se trouvaient les bêtes étaient tendues à l'extrême. L'amorce sèche d'un coup de fouet claquant en l'air suffisait maintenant à faire prendre feu à cette masse où se mettaient à voleter des crinières. Là, Peer retrouvait les histoires les plus habituelles de ses rêves. Celui-ci allait-il s'ouvrir à son tour comme il advenait parfois pendant la nuit ? Eclore sur un grand ciel libre, hanté de chevauchées infinies, invisibles ? Une claire naissance allait-elle couronner les siècles de sombre gestation ? Marquer la fin de son tourment ?

— Brigadier, la paille est pourrie; brigadier, un

cheval s'est cassé la patte ; brigadier, un cheval est mort ; brigadier...

Il y eut une courte période pendant laquelle les hommes se plurent à harceler celui dont ils auraient voulu provoquer la colère contre eux-mêmes. Ainsi espéraient-ils connaître enfin cette demi-folie qui ne se donnait libre cours que sur les bêtes ou dans une solitude muette qui les irritait.

Peer levait lentement la main : geste d'indifférence qui exorcisait l'irréparable geste, peut-être seulement un peu lent, parfois trop longtemps oublié en l'air. Les hommes se lassèrent. D'ailleurs, la tristesse de leur situation leur laissait maintenant peu de cœur pour ces enfantillages. C'était l'hiver. Toute vie s'était réfugiée dans les écuries où, si l'air était respirable, la circulation impossible, le repos rendu difficile par la vermine et les rats, les hommes retrouvaient la chaleur et le bruit, la première détendant leurs corps, le second dissipant leur angoisse. Refuge cependant précaire où ils connaissaient, en plus de l'inconfort des lieux, la faim et l'écho répété des nouvelles sinistres.

La neige et le froid avaient ralenti la marche des armées ennemies, mais le Sud, où la plupart des hommes avaient leur famille et leurs biens, était déjà envahi. Enfin, ne pouvait-on pas penser que la région où se trouvait le dépôt serait bientôt menacée? Nul ne savait maintenant si ces faits avaient une réalité pour Peer.

En passant à côté du tas de paille où il avait coutume de rester allongé, on était surpris de rencontrer ses yeux grands ouverts dans l'ombre : fixité qui arrêtait toute question sur les lèvres, parce qu'elle était déjà cette immense réponse que chacun porte au fond de soi, pour un jour lointain sans doute, mais fatal. Et l'instant qui devait dénouer tout ce qui, depuis des mois, se tourmentait dans ce pays reculé, monta finalement du fond du ciel.

C'était un jour d'hiver plus clair que ceux qui l'avaient précédé. Vers midi, un vrombissement se fit entendre venant de l'ouest.

D'abord de l'étonnement : il n'était pas passé trois avions depuis le début de la guerre. Puis de l'inquiétude. Les appareils, qu'on distinguait maintenant, marqués aux couleurs ennemies, tournaient dans le ciel, cherchant leur objectif, mais à une vitesse si égale et avec un bruit si uni, qu'ils semblaient être entraînés dans un pur mouvement sidéral.

Puis très loin, derrière les arbres, des explosions ébranlèrent le sol, sans que la paix laborieuse du ciel eût changé. Personne ne le sut, dans le moment même : la colonne d'une compagnie du train, chargée de matériel et de ravitaillement, sautait à cinq kilomètres du camp auquel elle apportait le salut et, avec ses soldats neufs, ses camions modernes, le signe de la première réaction victorieuse du pays, le visage d'une guerre enfin possible. Les avions tournaient toujours.

« A notre tour, maintenant », pensaient les hommes, et ils ne bougeaient pas, préférant inconsciemment la protection des images de leur vie calme, de leur passé sans histoire, que six mois d'accoutumance avaient emprisonnées entre ces murs, à l'espace libre où ils courraient avec leur destin, avec leurs crochets imprévisibles et leurs instincts contradictoires et où ils seraient tout nus de solitude.

La peur les gagnait cependant et, presque tous ensemble, ils pensèrent à Peer, sans doute parce que ce dernier, avec sa demi-folie qui était à leurs yeux une sorte de dépassement de la raison, appartenait à ce monde occulte où, dans les dix minutes à venir, ils allaient mourir ou vivre, enfin parce qu'il portait un secret, la seule chose qu'on pût en ce moment présenter à l'obscure sollicitation ronronnant dans le ciel.

— Brigadier ! crièrent-ils avec sérieux cette fois.

Peer était sorti. Ils le virent bientôt rentrer en courant :

— Ordre du capitaine ! Détacher tous les chevaux, ouvrir toutes les portes. Vite, vite !

Il était calme, plus digne que de coutume.

Les hommes exécutèrent cet ordre qui ne venait de nul capitaine, mais d'une puissance bien autre et qui avait tant souffert jusqu'alors. On coupa à coups de hache les cordes tendues auxquelles étaient reliées les brides de chevaux.

Il y eut d'abord quelques secondes d'hésitation. Les hommes s'étaient plaqués contre les murs. Puis, une des bêtes qui était placée près de la porte maintenant ouverte à grands battants, marcha vers l'air libre, s'ébroua en hennissant... et ce fut la ruée.

L'ordre avait couru jusqu'à toutes les autres parties du camp. Vers la liberté, se pressaient des colonnes de chevaux si serrées aux sorties que des têtes reposaient sur des croupes voisines, animées par des saccades et par une envie de mordre l'air, comme les petites vagues effrangées qui crêtent les flots.

Le bruit de mille sabots couvrait maintenant les vrombissements perdus dans le ciel : toute la terre haletait dans ce bruit. Un cheval plus isolé ou coutumier des écarts, se mettait parfois à danser sur place, poussé contre une rive invisible, mordait, en l'air, des feuillages mythologiques, puis rentrait dans le courant.

Plus d'individualité, plus de lignes précises. Il

n'y avait plus de chevaux maigres, de chevaux boiteux ou aveugles, de chevaux mourants : il n'y avait plus qu'une immense force chevaline, sourcillant d'abord un peu, vue de près, par les mille plis de la peau à l'aine et au cou, puis qui devenait toute lisse et roulait avec un bruit de tonnerre souterrain vers la pureté future des orages passés, des miracles accomplis.

On ne retrouva jamais un cheval. Peer fut porté déserteur au bout de huit jours d'absence.

LA VIE ÉCARLATE

Par derrière, la maison de ma tante donnait sur une petite place et c'est peut-être à cause de cela que tout a commencé. La petite place s'appelait la place d'Armes ou la place du Marché-aux-Oies : les avis étaient partagés. De toute façon, ils se référaient, les uns et les autres, à un passé si lointain que personne ne savait au juste à quoi s'en tenir.

Quoi qu'il en fût, la place restait là, fermée de tous les côtés par des maisons basses aux façades décrépies et, encore une fois, c'est peut-être à cause de cela que tout a commencé.

On ne peut jamais demander au destin qui nous accompagne d'ouvrir son poing. Si l'on y parvenait, j'imagine qu'on découvrirait avec surprise qu'il tenait enfermé dans sa main la relique la plus dérisoire, l'objet que nous avions oublié le plus facilement, l'élément qui nous avait paru le plus dénué d'importance : la couleur d'un jour, un caillou jaspé, une parole rendormie sur elle-même comme un petit serpent, peut-être une larme... J'étais orphelin et j'avais à peu près treize ans. C'est pour cela qu'il se pouvait que le destin, à cette époque, eût reçu en dépôt une de ces larmes dont j'étais, au demeurant, pour un oui ou pour un non, assez prodigue...

La petite place désertée depuis longtemps par

ce qui lui avait donné un nom n'alignait, de tous côtés, que des murs gris et des portails fermés au-dessus desquels, çà et là, s'effeuillait une vigne vierge. La petite place, c'était comme si l'on avait fermé les yeux par une après-midi de décembre, quand on peut tout juste imaginer que la traverse un cheval ferré de neuf : je n'aurais pu mieux dire.

J'étais là, livré tout entier au silence, lorsqu'un bruit de vantaux repoussés m'annonçait le retour de la vie. Sur la petite place, le boucher venait d'ouvrir les portes de l'abattoir. Il faut se méfier des grands mots, de celui-là, surtout, qui vous ferait facilement courir le risque qu'on s'y écartèle. En fait, l'abattoir n'était constitué que par une simple remise au sol cimenté mais, chaque soir, à la même heure, il ouvrait sur la place d'où ne partaient que deux ruelles, mieux qu'une chaude impasse : une espèce de boulevard souterrain violemment éclairé, à la fois par les ampoules nues et par la nouveauté du sang.

Déjà le boucher entrait dans la remise en portant sur ses bras un agneau aux pattes liées. L'agneau bêlait, à peu près une fois tous les deux pas, la langue étonnamment enflée, la bouche sans menton et sans lèvres. Il tournait sans cesse sa tête à droite, à gauche et, dans le mécanisme stupide de sa frayeur, il posait alternativement sur le morne décor de la place le regard d'un œil très rond, très clair, frangé de blond où ma propre angoisse ne trouvait ni écho ni réponse.

Le boucher Mourre, mon boucher, n'avait ni la corpulence ni la carnation de ses collègues. Sa maigreur, sa haute taille, son visage anguleux sous la casquette de même tissu que la veste à petits carreaux bleus et blancs, lui donnaient l'air d'exercer avec une compétence redoutable, ou une sorte de froide rancune, le métier que les autres bouchers semblaient exercer involontairement parce que leurs joues en avaient les couleurs et que, de toute évidence, des pieds à la tête, ils étaient « faits pour ça ».

Le boucher entrait maintenant dans sa remise, portant toujours dans ses bras l'agneau rigide qu'il paraissait avoir volé dans un vitrail. Sans perdre, une seule seconde, son air pensif, il le couchait sur un banc : un de ces bancs d'abattoir au bois épais graissé par l'usage, aux pieds largement écartés, qui étaient tournés vers la porte et auxquels il ne manquait que la tête pour que s'établît tout à fait l'idée d'une immense complicité. Il retroussait l'oreille de l'agneau, à pleine main, avec un geste de coupeur d'herbes, et lui perçait le cou.

Je n'avais pas eu le temps de le voir prendre son couteau mais je n'avais pas besoin de regarder le ratelier pour savoir quel était celui qu'il avait choisi : le couteau à agneaux, le plus court, dont la lame jadis largement triangulaire avait été usée par la meule jusqu'à devenir une arme pas très franche, trop effilée et substituant à la brutalité cordiale des boutonnières une très efficace chirurgie.

Le boucher se servait beaucoup de son genou pour maintenir l'agneau mais souvent son genou glissait et il devait s'y reprendre. Il me criait alors de venir tenir les pattes de derrière. Le couteau ressorti, l'agneau retardait son sang pendant quelques secondes et, la main posée sur son flanc, je le sentais tout tremblant à l'intérieur, exactement comme moi lorsque je me retenais de pleurer, raidi par l'effet d'une rétention sans espoir qui jetait chaque seconde de la vie dans une silencieuse panique. Enfin le sang se mettait à couler, uniment, et sous la tiède laine crêpée le corps se détendait. C'était comme un interminable soupir : l'agneau se soulageait de sa vie.

Cependant, sans parler, le boucher et moi nous continuions de maintenir l'agneau afin de prévenir quelque soubresaut extrême. Qui aurait cru que le métier de boucher exigeât tant de patience ? Parfois, M. Mourre se mettait à siffloter un air entre ses dents ou bien il regardait vers la place et me disait : « Tiens, le vent a tourné, c'est l'autan, maintenant » avec une douceur et presque une tendresse qui ne lui était pas coutumière. Enfin les pattes mollissaient. Impression qui ne ressemblait à nulle autre : c'était celle d'un lent mouvement de dépossession qui remontait le long de la patte depuis longtemps déjà immobile et derrière lequel, aussitôt, s'installait le froid de la ciguë.

C'était au cours de cette ultime phase que l'agneau découvrait ses dents. Il faisait s'ouvrir sous son nez d'agneau de curieux naseaux blonds et entrait brusquement, avec une sorte de ricanement douloureux, dans le libre troupeau de ces bêtes à têtes triangulaires qui sèment dans les bois des mâchoires blanchies.

— J'ai encore un veau dans la Ford, se lamentait le boucher. Je n'aurai jamais fini ce soir ! Tout à l'heure, pour « m'avancer », tu iras me chercher ce veau...

Il commençait de dépouiller l'agneau, poussant très loin son poing entre la peau et la chair avec la force têtue d'un serpent à la tête trop ronde ou bien, vers le ventre, à l'endroit « où ça se faisait bien », à la façon du chat qui insinue sa tête par l'ouverture de la chemise sous l'aisselle d'un homme. Puis il rabattait toute la peau vers lui et j'apprenais que les bêtes habitent dans un gant.

— Quand je pense qu'ils veulent nous imposer

un abattoir municipal ! Avec des heures d'ouverture et de fermeture, des roulements pour disposer d'une stalle, des gardiens ! Qu'est-ce que je ferais de mon veau, ce soir ? J'attendrais jusqu'à demain matin ? Mais demain, je ne pourrai jamais tuer avec tout ce qui me reste à faire ! Non, Olivier, non, ça n'existe pas !

Je ne répondais rien. Je n'avais d'ailleurs rien à répondre, ces paroles ne s'adressant nullement à moi et mon rôle se bornant à l'assentiment que pouvait apporter au boucher mon humble et industrieuse présence.

Maintenant le boucher vidait l'agneau. Les viscères luisants et tièdes de la bête, il les faisait passer par-dessus son avant-bras veiné, prompt à contenir la cascade où brillaient dans les membranes encore irisées de vie des tons d'un vert ou d'un bleu de céramique, prompt à trancher de la pointe du couteau le tissu transparent et étoilé de graisse qui eût entraîné, avec le foie, la petite bourse du fiel. Sous les dents de l'agneau dépouillé jusqu'au front tremblait un menton raboté, celluleux et plein de bulles.

— Tu as l'air de t'intéresser au métier, Olivier, me disait le boucher. Dommage que tu n'aies pas trois ans de plus. Mais après tout, si ta tante voulait... Tu sais, ce n'est pas mauvais de commencer jeune. Moi, tel que tu me vois, j'avais ton âge ou pas beaucoup plus...

Il avait fini de vider l'agneau et il ne lui restait plus qu'à aller décrocher sous la voûte rose et nette des côtes un reliquat d'entrailles où tout le sang semblait s'être porté, un lobe violacé : « Le cœur », disait-il en ramenant sa main, fermée comme sur un oisillon. Puis, pour maintenir écarté le ventre de l'agneau, il y coinçait une courte baguette d'osier :

— Tiens, puisque tu es encore là, amène-moi le veau.

La Ford du boucher, une de ces « hautes sur pattes » laissées par l'armée américaine et transformée en camionnette, était restée au milieu de la place. Je rabattais la ridelle arrière et me hissais sur le plancher souillé. Le veau, presque bouvillon, me regardait puis détournait ce front têtu et tourmenté que donne la naissance des cornes. Je connaissais cet âge ingrat des bovidés fait de longs moments d'hébétude et de frénésies soudaines quand les cornes percent à peine comme deux molaires à travers le poil jaune et, durcissant tout le long du front leur navette d'os, pèsent déjà comme un destin de cariatide. Je dénouais la longe et, sans la lâcher, je faisais sauter le veau à terre. Je me retrouvais sur le sol en même temps que lui :

— Avance ! Avance !

Le veau, comme tous les veaux du monde qui même à l'âge du bouvillon n'ont pas encore fini de se remettre de leur naissance, avançait en trébuchant. Je le tirais de toutes mes forces vers la remise où le boucher nous attendait, parant l'agneau maintenant décapité d'une collerette de papier blanc sous laquelle le dernier sang faisait encore un bruit presque imperceptible de bulles.

Pas plus que les moutons, pas plus que les agneaux et pas plus que les bœufs, les veaux ne s'effrayaient de l'odeur de sang qui s'élevait des grands baquets de la remise où des panses se gonflaient comme le linge flottant sur l'eau des lavoirs. Aucune bête ne butait jamais sur cette ligne abstraite et purement mythique qui séparait le monde sanglant du reste de la place, du ciel, des trois ormeaux. Seule, les épouvantait, un instant, cette impasse où luisaient des flaques d'eau, où des crochets de fer retenaient des rayons de lumière, cette retraite trop éclairée où l'agneau « paré » n'en finissait plus de se balancer, rose, avec, au cou, une large bobèche de papier disposée sous sa tête absente devenue, dans un coin, un bucrâne sanglant.

— Avance ! Avance ! criais-je au veau en m'enivrant de ma nouvelle autorité.

Je savais que le boucher pouvait m'entendre. En fait, il m'entendait et il souriait de plaisir.

Quand le veau était entré dans la remise, le boucher lui liait une des pattes de derrière et le hissait au palan. Il l'assommait d'un coup de merlin assené bien à plat, pas très fort, et lui perçait le cou. Le veau se raidissait convulsivement et, l'œil voilé, bavant, essayait de redresser pour un dernier mugissement son mufle déjà humide des noirs abreuvoirs de la mort : le sang coulait dans le baquet. Le travail devenait monotone, se réduisait à une simple opération de transvasement et le boucher s'appuyant d'une main au mur taché de sang recommençait de fixer son regard au delà de la porte, sur un invisible horizon, vers la montagne de ses tâches futures que perçait présentement, comme une source dérisoire, le gargouillis du veau.

— Je réfléchis, me disait le boucher, tu as encore quelques jours de vacances. J'ai envie de parler à ta tante. Tu te ferais la main pour l'année prochaine. Tu serais bien nourri et je te donnerais une bonne pièce, le dimanche... Qu'est-ce que tu en dis ?

Rien. Je n'en disais rien.

— Tu es plutôt réservé, reprenait le boucher. Moi, d'ailleurs, j'aime autant. Alors, c'est entendu : ce soir, je parle à ta tante. Tâche de la préparer.

Le veau mal vidé de son sang s'agitait au palan. Depuis ses naseaux, un filet de bave doré et lent comme du miel s'étirait jusqu'au baquet :

— Qu'est-ce qu'il a à remuer comme ça, celui-là ? disait le boucher en lui prenant l'oreille.

Il relevait la tête du veau pour que ce qu'il restait de sang paisiblement s'écoulât et il continuait de me regarder en souriant afin d'apprivoiser ma vocation précoce.

Ma tante accepta. C'était pendant le repas du soir. Repoussant la chaise qu'on lui offrait, le boucher restait debout sous le manteau de la cheminée :

— Notez que je ne dis pas ça parce que c'est le mien : mais c'est un métier, un vrai métier. Et sain, avec ça ! Il l'a bien compris, allez !

Il me désignait du menton mais je ne relevais pas la tête. Ma grand'mère paternelle qui vivait avec nous s'était arrêtée de manger. Elle portait encore la coiffe noire des vieilles femmes de là-bas et ne parlait que le patois. Elle avait eu faim bien souvent et maintenant que le boucher parlait dans cette pièce elle remuait les lèvres en le regardant pour bien se rassasier de sa présence et garder en mémoire les paroles qu'il prononçait. C'était tout de même trop beau. Se méfiant brusquement de ce petit Parisien chétif, elle se retourna vers moi :

— Tu obéiras bien à monsieur, j'espère, me dit-elle dans son dialecte.

Une fois de plus, ce que j'avais provoqué par mes dons ou obtenu par mon mérite se retournait contre moi et, par la vertu des perfides transmutations dont la famille avait le secret, devenait un devoir, m'était dicté ! Je serrai les dents sans répondre. Le boucher vint mettre sa main sur mon épaule :

— Marchez ! Avec lui, je suis tranquille, laissez-nous faire...

Il sortit et ma tante se précipita pour le raccompagner jusqu'au milieu de la place. Quelques minutes après, elle revint s'asseoir à la table. Elle me regardait longuement sans parler :

— Mange donc ! me dit-elle, de temps en temps, en me servant copieusement.

Ma grand'mère ne souriait plus et hochait doucement la tête au-dessus de son assiette : je sentais que ma vocation leur faisait peur comme du cristal.

Je commençai de travailler, dès le lendemain matin. Le boucher m'avait donné un grand tablier blanc sous lequel je me sentais aussi nu que si j'avais été vêtu d'une jupe. Ce matin-là, le boucher tuait un bœuf. Plus exactement, le bœuf de la semaine car une seule pièce pourvoyait de viande rouge, pendant sept jours, le quartier que nous desservions.

Le caractère périodique du bœuf aurait suffi à donner à cette besogne une certaine solennité si le bœuf venu du fond de sa semaine n'avait, de surcroît, fait son entrée sur la place avec cette démarche lente, cadencée qui évoque le soir sur les champs, le jonc vert tressé autour des cornes et le char des saisons. Il était entré dans la remise, ruminant vaguement, attelé aux moissons, aux sillons, à la poussière de la herse et ce n'avait été que lorsqu'on l'avait attaché, très bas, par sa longe, à un anneau scellé dans le ciment que, brusquement, ç'avait été décembre, décembre une fois pour toutes sur la petite place.

La corde, très serrée, amenait le mufle du bœuf presque au ras du sol si bien qu'il était obligé, dans sa peur vigilante, de tendre le cou très en avant afin de voir ce qui l'entourait, de tirer sur sa mâchoire inférieure, les pattes de devant raccourcies et en pieds de tréteaux, semblable en tous points à une bête apocalyptique, essoufflé comme un dragon.

Le boucher l'eut au premier coup de merlin, en tapant de toutes ses forces avec le « han ! » du bûcheron. Le bœuf se mit à genoux puis tomba sur le flanc. Il faut dire que le fer du merlin était constitué par une sorte de tube faisant office de trépan et portait dans la cervelle un choc foudroyant. Il ne restait plus maintenant qu'à enfoncer dans le trou du crâne une petite baguette d'osier et qu'à la promener de tous les côtés dans la cervelle afin d'atteindre la vie réfugiée dans les lobes voisins. A chaque mouvement de la baguette, le bœuf raidissait ses pattes et puis c'était fini.

Du moins, le croyions-nous. Car jusqu'au bout, jusqu'à l'instant du dépeçage, des frémissements, des soubresauts allaient nous apprendre que la vie utilise de multiples retranchements, se glisse sans trêve derrière d'autres rideaux de chair, court le long des veines, remonte comme un banc de saumons les chutes du sang, se repose et palpite, un instant, dans un nerf, puis change encore une fois de place et, peu à peu entraînée, s'accroche au bord de la blessure, dans la grotte du sang, même après le dernier caillot, quand, coupant la retraite, monte à l'intérieur l'aube rose et froide de la mort.

Maintenant, le sang coulait semblable à de la peinture foncée sur laquelle se ride déjà la première peau du séchage. Comme le bœuf était allongé sur le sol, on ne pouvait pas recueillir le sang dans un baquet :

— Pas d'amateur, ce matin, disait le boucher. Pas même M. Azémar...

Il voulait parler de quatre ou cinq personnes du village qui venaient parfois à l'abattoir boire un verre de sang chaud afin de se guérir de quelque anémie pernicieuse. On vantait les vertus du remède, le boucher en premier lieu, mais c'était cependant avec une sorte d'approbation rêveuse qu'on rappelait que telle jeune fille un peu trop pâle y avait recours. Renchérissant, le boucher assurait que certains — qu'il ne nommait pas — buvaient à même l'entaille, le froid du verre ayant, en effet, l'inconvénient de coaguler rapidement le sang. En fait, tout cela semblait férocement païen et les buveurs de sang venaient à l'abattoir en cachette.

— Si tu veux en profiter... Tu sais, ça te ferait du bien, me dit le boucher.

Je le regardai avec horreur. Je comprenais, tout d'un coup, quelles épreuves allaient comporter mon noviciat. Jusqu'alors j'étais resté à l'écart des rites et quand je demeurais planté sur le seuil de l'abattoir le boucher ne semblait se livrer qu'à des besognes sans mystères. Mais voilà qu'il venait de me donner son couteau afin d'avoir les mains libres, que j'étais là, les pieds dans le sang, avec, sous mon long tablier, mes cuisses de fille, qu'on me disait : « Baisse-toi donc et bois ! »

— Non ? me demanda encore le boucher.

Je secouai farouchement la tête et il haussa les épaules. Il se pencha et commença de me montrer comment il fallait dépouiller un bœuf sans entailler la peau qui, lorsqu'on l'aurait couverte de sel, irait prendre place dans un coin de la remise où les cuirs étaient pliés comme des couvertures. Il travaillait rapidement et, oubliant mes appréhensions récentes, je recommençais d'admirer ce travail minutieux, ordonné, qui savait forcer les bêtes hors de leur gaine mal ajustée, les os hors de leur gangue de chair, libérer les entrailles et répartir judicieusement ce don confus qui nous était fait, tout à l'heure, sous la forme énigmatique d'un bœuf...

— Paris me demande des veaux de première qualité, me dit le boucher. C'est pourquoi il ne faut pas traîner, ce matin : le premier doit partir demain soir. Je vais aller le chercher tout à l'heure. En revenant, je te montrerai...

A la fin de l'après-midi, il ramena un veau de quatre ou cinq semaines encore tout cosmétiqué de sa naissance. Ce que m'avait dit le boucher avant de partir m'avait fait croire que mon tour de tuer était venu et je pensai aussitôt qu'il avait choisi la bête la plus jeune afin de se mettre à ma portée, afin de me réserver en quelque sorte une tâche à ma taille. Le veau n'était pas encore descendu de la voiture que je découvrais que ce choix risquait d'établir entre la bête et moi une espèce de cousinage et peut-être un début de complicité. Pour la première fois, je prenais conscience des dangers que comportait mon nouveau métier. Sans doute la mort adopte-t-elle aisément ces générations mugissantes, sans doute le premier veau saigné et dépouillé entraîne-t-il sans effort ses semblables dans le simple mouvement d'une filiation sanglante. Mais qu'on ne s'avise pas d'y mettre le doigt ! De donner un nom à la bête ! De lui tendre une feuille à mâcher ! De la faire glisser et de lui casser une patte ! Pas même, l'été, de l'émoucher ! La honte n'est pas loin et il n'y aurait plus qu'à s'enfuir en cachant, sous son tablier, ses mains gercées de sang...

Je fis quand même sauter le veau de la voiture et je l'emmenai vers la remise. Le boucher m'y avait devancé :

— Non, me dit-il comme je tirais le veau vers le palan, demain. On le tuera demain.

Il m'expliqua une fois de plus que Paris réclamait du veau blanc. Le veau blanc, en terme de boucherie, ça ne pouvait être qu'une bête très jeune soumise au préalable à une journée d'obscurité et de diète hydrique.

— Tu vas l'attacher dans ce coin et fermer la remise, me dit le boucher.

Peu après, il m'apporta une bouteille verte pleine d'eau :

— Tu lui feras boire ça, toutes les heures. Attends, je vais te montrer.

Il enjamba le veau, glissa son avant-bras sous la tête, la renversa en arrière et, relevant le litre « cul-sec », força le goulot entre les mâchoires. L'eau déborda, mouilla le pantalon du boucher, inonda les naseaux et les yeux révulsés de l'animal qui tentait vainement de se dérober. Il avait tout de même absorbé la moitié de la bouteille. Le boucher relâcha sa prise :

— Tu as vu ? Ce n'est pas sorcier...

Je fermai les vantaux et l'obscurité emplit la remise dont j'avais lavé le ciment à grande eau pendant l'après-midi. Mon patron m'attendait sur le seuil de la petite porte qui donnait en haut de trois marches, sur le couloir de la boucherie. Des flaques d'eau, dans la remise, reflétaient le carré de lumière projeté par l'étroite issue :

— Tiens, prends ta bouteille, me dit le boucher

avec brusquerie. Désormais, ce sera « ta bouteille ». Chaque fois que tu n'en auras plus besoin, tu la placeras à un endroit connu de toi seul, tu la cacheras de façon à savoir toujours où la retrouver. Et, surtout, ne la casse pas !

J'allai aussitôt la remplir au robinet de la cuisine :

— Qu'est-ce que tu veux faire avec ce litre ? me demanda la femme du boucher.

C'était une petite femme brune alourdie par la quarantaine. Un éternel pansement autour d'un doigt, elle était occupée, toute la journée, à servir des clients dans la boutique. Je répondis que c'était pour le veau.

— Tu en es bien sûr ? me demanda-t-elle, les yeux rapetissés par un sourire cruel. Tu as l'air bien ahuri depuis ce matin et on te ferait avaler tout ce qu'on voudrait, mon pauvre Olivier ! Il faut tout de même croire à ce qu'on fait, dans la vie ! Alors, ce litre, tu le remplis ou tu ne le remplis pas ? s'écria-t-elle, perdant son sourire et soudain provocante.

Je restai incertain et elle éclata de rire. Pourquoi riait-elle de moi ? Pourquoi, quelques instants plus tôt, le boucher m'avait-il parlé avec tant de brusquerie ? Ce premier jour était bien celui des métamorphoses. Il commençait d'apparaître que je m'étais laissé prendre à une immense duperie et qu'au fond de la maison rouge, on compterait, à partir d'aujourd'hui, un mouton de plus, une espèce de mouton-homme, rabroué, taloché, relancé, seul, comme un faux frère, seul, dans le crépuscule humide, au milieu de sa forêt de bêtes pendues, parmi ces troncs creux où courait une fourmi de sang, dans ce silence particulier de la sciure de bois où l'odeur d'un rognon ouvert fleurissait comme un géranium.

Après m'avoir ordonné de remplir mon litre et m'avoir montré comment on raclait les étals, la bouchère m'avait laissé seul dans la boutique. Les grilles étaient encore posées et des passants y collaient parfois leur figure, quand ils ne se contentaient pas d'y faire courir leurs doigts. Je leur apparaissais revêtu d'un costume si inattendu qu'ils disaient parfois : « Tiens, mais c'est Olivier ! » sans rien ajouter, sans rien faire d'autre que s'en aller dans le crépuscule humide en rêvant à l'étrangeté des temps. D'autres fois, ils ne me reconnaissaient pas. C'est qu'alors je m'étais tourné, que j'avais abaissé la tête sous son bras nu et que, l'ombre aidant, je m'étais contorsionné de façon à m'identifier tout à fait avec les bêtes informes pendues aux quatre coins de la pièce. Lorsqu'ils étaient passés, je recommençais de nettoyer mes étals. Des heures sonnaient.

Alors je poussais la petite porte de la remise et, après avoir tâtonné le long du mur, à gauche, je tournais le commutateur. Le sol cimenté de la remise était si net, si luisant d'eau, que, tout au fond, le veau avec ses pattes écartées faisait penser à un patineur emporté par son élan, arrêté sur un point mort et, l'œil rond, paralysé par la crainte de la chute. Tout autour, les murs blanchis à la chaux et rendus blafards par la lumière devenaient d'inexorables frontons et réamorçaient les trajets fulgurants, la course absurde de la bête déséquilibrée par un sol trompeur. Je n'avançais qu'avec précaution vers elle, ma bouteille verte à la main.

Les flancs du veau toujours cosmétiqués ne bronchaient pas. Je prenais la tête, je disjoignais les mâchoires et j'introduisais le goulot. Une fraîcheur soudaine mouillait ma cuisse : le veau avait bougé.

Déjà il n'en pouvait plus, rejetait les flots par saccades, sous l'effet d'une invincible nausée. Il n'essayait même plus de se débattre, se contentant de ce suprême refus qui noue la gorge, bloque tout entière la tête et la fait aussi dure qu'une pierre carrée. La petite ampoule jaunie de la remise éclairait sans ciller cette lutte muette. J'étais inondé. Le veau remuait une patte avec du retard, avec mollesse, dans un de ces gestes extrêmement lents qu'on observe dans le grand désespoir furieux, la grande douleur féroce : le calme appoint posé sur le faîte de la somme depuis longtemps excessive, cet instant où tombent les gants de l'agonie. Ce veau ! La nuit s'était faite et le vent secouait les grandes portes de la remise. Un vent marin. Nous avions, hors désormais de toute mort, atteint ce point de perfection dans l'absurde où les personnages transcendent leur élément : le veau devenait hippocampe.

Scellés l'un à l'autre, nous avions été transportés loin de la maison du boucher, loin des maisons rouges, loin des villages, au delà de cette terre, au delà des rivages, au milieu d'une mer dont les flots moussaient. Je sentais maintenant tanguer la remise et je voyais se balancer l'ampoule solitaire et je me cramponnais plus fort à mon maigre coursier gorgé d'eau :

— Bois donc ! Bois donc ! criais-je au veau qui tremblait contre ma poitrine.

Déjà la bouteille était vide. Mais la remise tanguait encore. Le vent secouait les portes : cet océan ne sera jamais expié.

Non, rien ne sera jamais expié. Ici, le mal, la souffrance ne se comptabilisent pas et il n'y a aucune raison au monde pour que le boucher, un crochet pendu à sa ceinture, cesse de passer dans les rangs interminables où les bêtes — toujours les mêmes — s'alignent avec leurs têtes de rechange et la consigne de souffrance dont elles ne seront jamais déliées. Les bêtes le savent bien. Certaines, juste avant le coup de merlin, fermaient leurs yeux frangés de cils blancs. Non, il n'y a vraiment aucune raison pour que cela cesse...

Des jours passaient. Le soir, je m'attardais parfois dans la remise où le veau essayait de digérer son eau. Nettoyer les étals m'ennuyait.

— Olivier ! Olivier ! criait le boucher dans le couloir.

Je m'empressais de sortir.

— Ah çà ! Tu flemmardes, mon garçon ! File à la boutique ! m'ordonnait-il en faisant mine de me talocher.

Je disparaissais, affolé, en butant contre quelque chose dans l'ombre du couloir. Et ma bouteille ? Ne l'avais-je pas oubliée à côté du veau ? N'allait-il pas, dans une seconde, la renverser et la briser ? Et s'il s'ouvrait une patte sur un éclat de verre ? Dans la boutique, se trouvait ma tante, la tête enveloppée dans un châle de tricot noir. Elle venait chercher l'aloyau ficelé de blanc et bardé de lard qui représentait le prix de mes services et qui, véhiculant l'injustice jusqu'au-dessus de la lèchefrite, soigneusement enduit de saindoux, embroché devant le feu clair, tandis que je gelais dans la remise, associait, en ce moment, la gourmandise de ma tante à un cannibalisme subtil.

— Qu'est-ce que j'entends ? Qu'est-ce qu'il fait ? s'écriait-elle, alarmée, en voyant la mine courroucée du boucher.

Elle tendait déjà sa main vers une de mes oreilles : « Il va bien me le dire, allez ! »

Soucieux d'épargner à ses autres clients une scène déplaisante, le boucher me poussait dans la cuisine. On y échaudait les pieds de veau. On les raclait ensuite avec un couteau afin de les débarrasser de tous leurs poils. Au milieu du seau, la tête de veau ressemblait à une grosse pierre couverte de mousse jaune avec les yeux fermés semblables à deux châtaignes d'eau, mais, en dessous, les naseaux, les lèvres et la langue tirée, blanchis et gonflés par l'ébouillantage, faisaient entrer dans le carnaval grotesque des têtes de veau le petit animal qui tremblait, contre mon flanc, deux jours plus tôt, dans la remise.

— Si tu continues à pleurer dans ton seau, Olivier, tu vas refroidir l'eau, me disait la bouchère.

Je ne répondais pas. Je prenais les pieds de veau, les uns après les autres, gardant la tête pour la fin : triste couronnement qui poserait au sommet de cette interminable besogne le trophée absurde d'une décollation toute parée de persil. La soirée n'en finissait plus. C'est qu'il suffisait de tuer une seule bête pour voir se multiplier mille abattis, mamelles, queues, testicules, prins ou langues, dont la spécieuse valeur comestible ne dépassait pas celle du cartilage ou de la glande et qu'on vendait, à mi-voix, lâchement, au rabais.

Le coup de merlin semblait être le signal d'une dispersion éperdue qui allait amener, dans chaque coin de la boucherie, au fond de chaque seau oublié, un de ces attributs menacé de putréfaction et plus ou moins blond : irrévocablement anonyme.

Revenu de la boutique, le boucher essayait de tirer la leçon de l'incident récent :

— Crois-moi, Olivier, disait-il derrière moi, si l'on n'a pas fait aussi la triperie, on ne peut pas dire qu'on connaît le métier. Et ce n'est pas dans un de ces abattoirs municipaux, comme on en construit un en ce moment, que tu pourrais apprendre ton métier jusqu'à Z. Ici, tu as la chance de prendre une bête au départ, dans son étable, et de la suivre jusqu'au moment où le client emporte son morceau tout frais qui colle au papier. Rien, absolument rien, ne t'a échappé. Tu sais où se trouve le plus petit morceau de bavette, le plus petit morceau de toilette... J'irai plus loin : même ce qui ne sert à rien, l'œil ou bien la vessie, par exemple. Tout est passé entre tes mains. Les yeux fermés, ou en pleine nuit, tu pourrais trouver ce qu'on te demanderait et si quelqu'un venait te dire : « Où est passé ce bœuf ? » tu pourrais lui fournir des comptes aussi précis que ceux d'un banquier.

« Oui, crois-moi, Olivier, dans la vie il faut toujours être prêt à répondre à des questions de ce genre. Alors, on est fort. Quelqu'un vient et te demande, en ce moment : « Où est passé ce veau ? » Tu n'as pas à te troubler, tu n'as même pas besoin de relever les yeux, pas besoin de chercher tes mots. Tu as ta conscience pour toi : « Le veau, eh bien ! il est allé ici et là, puis là, encore. Il nous reste de quoi faire des escalopes, six, au moins. L'Hôtel de la Poste nous a pris les tripes et ceci et cela et que voulez-vous savoir encore ? Maintenant, j'ai ébouillanté la tête et les pieds. Combien de temps ? Oh ! cinq minutes, pas plus. Ça vous étonne, mais voyez donc comme je les racle facilement. J'ai pris le couteau le plus émoussé pour ne pas arracher la peau qui est tendre... »

En fait, mon dernier pied de veau portait autant d'estafilades que la joue d'un garçon qui vient de se raser pour la première fois, mais le boucher ne l'avait pas vu. Il parlait de commissions d'enquête, imitait la voix d'autres personnages : « Où est donc passé ce mouton ? » disait-il maintenant en parlant entre ses dents. « Ce mouton, eh bien ! il est passé... » reprenait-il avec sa voix à lui. Ici et là, sans doute ? Non, il n'avait plus le courage de poursuivre le jeu. Il était trop préoccupé par l'abattoir municipal qu'on construisait près de la rivière et qu'on voulait imposer aux bouchers de la ville. Le travail d'abattage y serait assuré, disait-on, par des employés municipaux. Cette idée rendait fou mon patron.

Nous nous asseyions enfin pour le repas du soir que nous prenions dans l'odeur épaisse montant des seaux d'eau chaude. Puis le boucher, épanoui par la nourriture, me disait de filer en me donnant une petite tape derrière la tête pour marquer le pardon. Je traversais la place déserte. Ma tante était couchée et je décrochais la clef en passant le bras par la chatière. La lampe Pigeon à la main, j'entrais dans la nuit de la maison où rien ne m'attendait, sauf, peut-être, une hostilité nouvelle, diffuse, qui, un instant plus tôt, quand ma main tâtonnait dans la chatière, m'avait fait craindre que quelque chose pour peu de temps encore innommé ne me mordît...

Les vacances de Noël finies, je ne retournai pas à l'école. Je ne sais exactement comment cela se fit mais, à l'origine de chaque mouvement de ma vie, je reconnaissais et dénombrais désormais un attelage assez familier pour n'éprouver devant le sort aucun étonnement. J'étais entré dans « leur » troupeau, les moutons trottant sur les flancs, les veaux au timon, les bœufs en flèche et il n'y avait plus qu'à courir dans la nuit, les mains sciées par les cordes, en sautant par-dessus les bouses de sang, au milieu des mugissements.

On ne sait pas la force des bêtes mortes. Chaque jour, dans mes besognes, elles me lestaient d'un poids un peu plus grand. D'abord, il y avait toujours un moment où elles tombaient, où elles glissaient, qu'elles fussent déjà à terre comme les bœufs, sur les bancs comme les moutons ou au palan comme les veaux. Oui, toujours un moment où « on les descendait ». Ce n'est pas tout : lorsqu'on sciait leurs côtes, à l'endroit où se referme l'ogive, c'étaient de vrais fardeaux de chair qui, dans un dernier petit craquement d'os, s'affaissaient des deux côtés si pesamment, d'une façon si irrévocable qu'on sentait, au-dessous de soi, la falaise de la vie laisser s'effondrer un de ses pans.

— Ne fais pas l'idiot, Olivier ! Tu me taillades cette peau comme un sauvage ! Ne fais pas l'idiot, Olivier ! Si tu t'y prends ainsi, tu vas me crever la vessie et toute ma viande aura un goût de pisse ! Fais donc attention, Olivier ! Boutchicot de malheur !

Il y avait aussi les objurgations du boucher tout le long de ce chemin difficile dont je ne voyais pas le bout. Elles étaient de plus en plus fréquentes, car l'abattoir municipal allait être inauguré et, à la veille de passer à la rébellion, mon patron perdait son sang-froid. Il venait justement de recevoir d'importantes commandes de Paris en « veaux blancs ». Chaque soir, l'abattage terminé, nous emmaillotions les corps dépouillés et vidés dans un vrai linceul, puis nous les placions dans de grandes panières que nous portions à la gare, dans la nuit tombante, avec un balancement qui faisait trembler, sous les linges, la chair bleutée et translucide : du travail fin. Pourquoi aurait-on imposé au boucher d'effectuer une besogne aussi personnelle, aussi riche de secrets, dans un lieu public ?

— Oui, je me demande bien pourquoi ! répétait, chaque soir, le boucher après s'être assis à la grande table pour le dîner. Il regardait son poing et je ne soufflais mot : « Moi, je ne marche pas ! » décidait-il enfin, pour la centième fois, et il se mettait à manger gloutonnement... Les veaux, Olivier... me disait-il à mi-voix, au bout d'un moment, sans s'interrompre de manger.

J'allais prendre sur l'évier mon litre plein d'eau et je me dirigeais vers la remise. Sans trop savoir pourquoi, je faisais des vœux pour que l'abattoir municipal fût promptement achevé.

Il le fut seulement au début du printemps. C'étaient quatre corps de bâtiments semblables à des écuries de caserne et peints à la chaux. La rivière coulait au pied du mur d'enceinte et, dès le premier jour, l'endroit fut connu des pêcheurs. Les eaux usées de l'abattoir attiraient de larges poissons blancs qui poursuivaient, dans le courant, une manducation extasiée mais lasse.

Les jours qui suivirent l'inauguration, le boucher parut plus nerveux et plus sombre, mais il ne parlait plus de l'abattoir municipal, comme si l'ultime preuve d'obstination que constituaient l'achèvement et la mise en service des locaux sanitaires l'avait convaincu de l'absurdité de prolonger une controverse avec une puissance ainsi entêtée jusqu'à la démence. Le matin, il s'attelait au travail avec un entrain que je sentais voulu, avec l'air faussement joyeux de celui qui veut ignorer l'adversité environnante et faire croire qu'il ne connaît plus que l'univers pacifique de ses devoirs professionnels. Attitude douloureuse qui l'amena à de tragiques maladresses, à de cruels excès de jovialité.

Soucieux de témoigner de la paix de son cœur, il ne se contenta bientôt plus de chantonner d'une voix fausse ou de me donner, de temps en temps, en passant, une bourrade, il parla aux bêtes. Cela consista d'abord en un prénom lancé à la légère, un prénom dangereux, certes, mais que tout le monde aurait oublié bien vite si d'autres paroles, d'autres inventions insensées n'avaient suivi.

Il était déjà assez déplacé d'appeler soudain « Gertrude » la génisse à la robe presque entièrement blanche que nous allions tuer, pour ne pas pousser l'odieux jusqu'à s'approcher d'elle, jusqu'à la flatter et lui rappeler à voix haute, avec un lyrisme voisin de celui de l'ivresse, ces temps lointains, ces temps obscurs, ces temps qui n'étaient pas venus, mais où l'on ne tuait pas.

Au vrai, il ne s'agissait pas là de la bête. IL NE S'EST JAMAIS AGI DE LA BÊTE. D'un ordre supérieur, oui, auquel, justement, compte tenu de toutes les révisions dont il avait été l'objet avant nous, nous avions pour mission de veiller. Dans son désarroi pitoyable, le boucher remettait maintenant tout en question. A grand renfort de plaisanteries, de propos faussement enjoués, il individualisait la victime, nommait notre acte, personnifiait le couteau et, baptisant le merlin « petit frère », nous faisait tous entrer dans une espèce de fête de famille où il ne restait plus qu'à s'enivrer du vin de l'abomination.

Son anarchie ne connaissait plus de bornes et il en vint, un matin, à me demander : « Alors, par quoi commençons-nous ? » Nous avions trois bêtes à tuer : deux moutons et un veau. Il retourna sa question vers les bêtes : « Par toi, mouton noir ? » J'étais horrifié.

C'est ce jour-là, ou le lendemain, que nous reçûmes la visite du gendarme. Il venait rappeler au boucher les nouveaux règlements municipaux aux termes desquels l'abattage des bêtes de boucherie devait avoir lieu dans les bâtiments construits par la ville à cet usage. Il ne contestait pas qu'on fût maître chez soi, mais il désignait la rigole. Devant la porte de la remise, elle collectait et canalisait vers un ruisseau lointain les eaux sanglantes qui, à longueur de jour, coulaient entre nos pieds. Là, était le délit. Il glissa deux doigts sous son ceinturon, parla encore de dernier avertissement et s'en alla. Le bouche restait stupéfait :

— Ferme les portes, me dit-il au bout d'un moment. Je n'ai pas dit mon dernier mot.

J'obéis comme je ne cessais d'obéir depuis des mois, d'abord pour le bien, puis maintenant pour le mal, semblable à mes bêtes qui, depuis leur naissance, n'avaient jamais eu le loisir de virguler les questions et dont les yeux portaient un simple point de lumière avant lequel s'incrivait toute la stupeur et toute l'angoisse de la création. Je fermai donc les portes sur nous et sur un dernier mouton qui allait connaître le plus amer sursis : celui de la nuit, dans l'odeur du sang, sur le ciment froid, avec, dans le ventre, la faim qui, elle, ne sait pas. On alluma toutes les lampes et le boucher descendit à la cave. Il en ramena deux pioches et une pelle :

— Nous allons creuser un puisard, dans ce coin, me dit-il. Et puis aussi une rigole, tout le long de la porte. Elle se déversera dans le puisard où nous placerons un baquet. Pas une seule goutte d'eau n'ira dans le caniveau de la ville... Je garde mes eaux, messieurs ! s'écria-t-il en se tournant vers la porte. J'irai, s'il le faut, vider mes baquets très loin en aval de la ville et j'espère bien y voir flotter votre charogne, un jour... Au travail, Olivier !

Le ciment était dur sous le pic. Nous dûmes travailler une grande partie de la nuit et pendant toute la matinée du lendemain. Mes mains étaient blessées par le manche de la pioche, mes bras rompus.

— Je n'ai jamais cédé à personne ! déclamait le boucher. Je ne suis tout de même pas ce mouton, moi, pour qu'on me dicte mon avenir ! Au fait, il va étrenner notre installation, celui-là. Vois quel mal on se donne pour toi, Zéphirin ! Je suis un brave homme, moi ! N'empêche qu'on m'envoie les gendarmes...

Je le devinais prêt aux larmes et je n'osais le regarder. Le mouton sursitaire, lui, le regardait en bougeant sans répit autour de sa corde et en écopant, à petits coups, avec sa mâchoire inférieure, l'air enfiévré de la remise où il n'y avait plus place, désormais, pour les bêlements. Le boucher, maintenant à mi-corps dans son puisard, dut à la longue sentir ce regard, car il se redressa et se tourna vers le mouton. Ses traits se durcirent :

— Vous deux, vous vous en moquez, après tout ! nous cria-t-il, d'un ton implacable.

Je me penchai davantage sur ma rigole inachevée et sur mes éclats de ciment.

— Vous êtes tranquilles, vous autres ! ajouta le boucher dans un ultime mouvement de provocation et, comme nous ne répondions pas, il soupira tristement.

Au-dessus de lui, la petite porte qui donnait sur le couloir venait de s'ouvrir.

— Arsène, chuchota une voix, j'ai réfléchi à une chose...

C'était la femme du boucher. Elle tenait une bouteille de vin à la main.

— A quoi as-tu réfléchi ? lui demanda le boucher en tendant la main vers le litre.

Il était pâle, dépeigné, sans veste et tremblant de fatigue : on ne l'aurait pas reconnu.

— Le vétérinaire, dit la femme en descendant

les marches. Peut-être n'acceptera-t-il plus de venir contrôler la viande chez nous. Il aura reçu des ordres...

— Jeandet est mon ami ! s'écria le boucher. Que vas-tu imaginer là ? Tu ne m'estimes donc pas assez trahi comme cela ? Sa voix vibrait et je recommençais de craindre le pire. Mais il se calma : Dis-moi plutôt quel temps il fait, demanda-t-il à sa femme.

Elle pensait qu'il allait neiger. Mais il ne neigea pas et lorsque, notre besogne terminée, je repoussai les portes de la remise, ce fut le jour le plus parfaitement quotidien, le plus dénué de prestige qui éclaira notre univers bouleversé, notre camp retranché et son mouton pensif.

Il est difficile de saigner droit. Il est difficile d'éviter que la rigole de la remise ne déborde pas. Plus difficile encore d'empêcher les autorités d'observer que les portes de la remise se referment, en plein jour, sur des bêtes vivantes qu'on ne revoit jamais. Le stratagème du boucher tourna si bien à l'échec que le gendarme reparut trois jours plus tard.

Il possédait assez de témoignages pour confondre mon patron, mais il préférait encore attendre qu'il retrouve son bon sens et prenne de lui-même le chemin nouvellement empierré de l'abattoir municipal. Le boucher ne répondait pas.

— Je sais ce que vous allez faire, reprit le gendarme. Vous allez tuer de nuit. Mais dites-vous bien que nous avons sur la place autant d'yeux qu'il y a d'étoiles. Vous n'aurez pas le dernier mot !

Le destin est inexorable : nous tuâmes de nuit et, désormais, ce fut toujours la nuit, avec ou sans étoiles, qui retentit du bruit de nos sabots, des trébuchements de la bête, de ses soupirs que jusqu'ici nous n'avions pas cru si profonds. Le sang de la nuit était plus lisse, plus huileux, plus sombre surtout et il fallait se placer, de temps en temps, sous une lampe, la paume de la main retournée dans la lumière, pour reconnaître avec soulagement le vieil incarnat familier qui la teignait, juste au moment où allait s'imposer l'idée qu'une mystérieuse transfusion noire prolongeait soudain l'hémorragie du bœuf égorgé.

C'était, en général, un peu après minuit que nous amenions les bêtes d'une des fermes les plus voisines. Nous traversions sans parler le village endormi en tirant l'animal par sa longe et nous ne donnions la lumière dans la remise que lorsque les portes en avaient été refermées. Ce cheminement silencieux, ces précautions tissaient sournoisement entre la bête et vous des liens de complicité que le couteau aurait aussi à trancher, un peu plus tard, avant d'atteindre la gorge. Ainsi le travail devenait, chaque jour, un peu plus compliqué, un peu plus mental. Le matin venu, le boucher se plaignait de migraine. C'est également la tête lourde que j'allais me coucher...

Et le gendarme revint avec je ne sais quel ultimatum dans sa sacoche de cuir. Je n'assistais pas à l'entretien. Lorsqu'il eut pris fin, le boucher rentra dans la remise. Je compris qu'il ne renonçait pas.

— Charge les couteaux dans la voiture ! m'ordonna-t-il.

Je le regardai stupéfait.

— Oui, tous les couteaux ! Tu ne comprends donc pas ? Tu ne sais plus ce que c'est qu'un couteau ? Espère, tu vas l'apprendre bientôt ! On nous persécute et il n'est plus question de prendre du bon temps maintenant. Il est d'ailleurs grand temps que tu te mettes à tuer. Et le merlin ? Tu te figures peut-être que nous n'aurons pas besoin du merlin ? Tu veux peut-être le remplacer par tes poings ? Secoue-toi, Olivier, pour l'amour de Dieu ! Ne me pousse pas à bout !

Je raflai, au ratelier, une poignée de couteaux et les lançai sur le plancher de la camionnette, puis je me précipitai pour prendre le merlin. Le boucher était allé chercher, dans un coin, ses couteaux personnels qui étaient au nombre de trois, savamment dégradés et gardant encore, après la douce succion de la meule, la frange protectrice et bleutée du morfil. Il les enveloppa dans un tablier blanc et les plaça derrière lui sur le siège :

— Et les cordes ? me demanda-t-il sans colère, navré et désespérant faire quelque chose de moi. Je courus, de nouveau, vers la remise. Les plus longues, Olivier ! me cria-t-il. Ce n'est plus au palan qu'on travaillera, mais aux arbres !

J'apportai les cordes et la voiture démarra. Ce furent presque tout de suite les arbres. Jamais je ne les avais vus sous cet aspect, crucifiés encore par l'hiver, mais courbant parfois jusqu'au sol leurs branches les plus basses qui, sous le haut buisson des arbres, déployaient à hauteur d'homme une végétation plus lasse : les rameaux de la pendaison.

Ils s'ordonnaient maintenant, au passage, dans une espèce d'arboriculture inattendue et suspecte : les noisetiers trop fragiles mais tentateurs, les jeunes chênes à toute épreuve, les cornouillers précis et noirs parmi le fouillis d'une haie. Ils devenaient aussi précis que nos bêtes, aussi « désignés » qu'elles, comme elles, prisonniers d'une destination irrévocable. Ainsi, qu'on fût cou ou branche, il vous pendait toujours le collier d'une intention. Je savais depuis quelques minutes qu'on allait tuer les bêtes aux arbres.

Nous nous arrêtâmes dans cinq ou six fermes et, dans chacune d'elles, le boucher achetait un veau ou un mouton. La nuit se fit. J'avais garé mes couteaux, de crainte que les bêtes ne les piétinent. Pressées les unes contre les autres, elles soufflaient et remuaient sans se plaindre, sans parler, surprises par cette transhumance nocturne et ne comprenant pas pour quelles noces on les avait poussées ainsi, museau contre museau, dans le silence attentif de deux hommes.

Il y a toujours un moment, avant de mourir, où l'on entre dans un chemin de terre. Je ne l'ai jamais compris comme alors. La Ford sauta sur des ornières et, brusquement, il fit encore plus nuit. Le boucher coupa les gaz. Nous étions au milieu d'un bosquet. Les phares de la voiture restaient allumés.

— Allons, fais descendre le premier ! me cria le boucher en sautant à terre.

Il alla choisir une branche. Je rabattis la ridelle et étendis le bras : un mouton ! Imaginez la nuit, le froid, la solitude et, brusquement, sorti de la création, le premier mouton abondamment crêpé, tiède et maladroit au seuil du monde expiatoire... J'agrippai, au hasard, une de ses pattes, mais pour me raccrocher. La lumière des phares baissait.

— Mais le sang ! m'écriai-je, le sang ! Monsieur Mourre, qu'est-ce qu'on va faire du sang ?

— Vas-tu cesser de crier, imbécile ! Tu veux donc ameuter tous les gens des maisons voisines ? me dit le boucher, d'une voix sifflante, en se rapprochant de moi.

Les phares s'éteignaient tout à fait. Je m'étais mis à trembler avec ma patte de mouton dans la main, ma patte qui ne tirait même pas à elle. Alors, je ne sais pourquoi, toutes les bêtes ensemble se mirent à pleurer.

— Olivier ! Olivier ! Pour l'amour de Dieu ! hurla le boucher.

Du vent passa dans les branches des arbres et la voix du boucher s'affaiblit. Elle résonnait maintenant tout au fond d'une voûte noire, mêlée aux mugissements plaintifs, à la voix de tous les agneaux que nous avions tués. Je courais dans les herbes.

— Olivier ! Olivier ! cria encore le boucher. Et je courais toujours dans les herbes.

Mon Dieu, mon Dieu, faites qu'on ne tue jamais plus les moutons !

LES BÊTES

A peine arrivés dans la grange et allongés sur la paille, les six hommes avaient commencé de raconter aux autres prisonniers leur interminable randonnée, leurs souffrances, avec la légère ivresse que procurent, dans ces moments-là, la lumière retrouvée et la nouveauté des lieux, la cordialité des êtres...

Mais leur fatigue se trahissait déjà par le ton assourdi de leur voix et par les mouvements de sourcils qui accompagnaient leurs paroles. Leurs sourcils s'arquaient démesurément lorsque l'élocution devenait plus difficile et le malheur, la souffrance finissaient par ressembler à un immense étonnement, à une sorte de puérilité tragique dont la maigreur, l'amenuisement des visages parachevaient l'image.

Ils venaient du fond de la Prusse orientale, jetés, à leur tour, dans la captivité errante qui, depuis l'avance des armées soviétiques, étirait, sur les routes gelées, des colonnes d'étrangers avançant en troupeau avec leurs longs bras immobiles et pendants de victimes, leurs regards perdus dans les nostalgies de la faim. Un soldat allemand en armes les escortait, poussant une bicyclette dont le rayon d'une roue était cassé et frottait un peu, à chaque tour, contre la fourche. Devant la grange où étaient cantonnés les prisonniers russes de Malchin, il avait laissé ces six hommes épuisés ou blessés.

— Ukrainiens ? demanda un des prisonniers russes qui, debout, faisaient cercle autour des arrivants. Un de ceux-ci lui répondit affirmativement par un signe de tête et le Russe sourit en fermant les yeux avec un air de profonde satisfaction.

Depuis quelques minutes, plus aucune pitié ne semblait se mêler à l'inlassable curiosité qui courbait les Russes de la grange au-dessus des visages amaigris et mobiles des six nouveaux encore occupés à raconter leurs peines, dans un murmure presque indistinct de plus en plus semblable au délire de l'enfance. Les vêtements d'un bleu usé qu'on avait étendu sur le corps du plus éprouvé des hommes avaient glissé. Nul ne songeait maintenant à les remettre en place : silencieux et patients, tous les spectateurs semblaient attendre le dénouement d'une histoire sans pardon et sans pleurs.

Les nouveaux s'étaient tus, à leur tour, mais gardaient encore leurs yeux ouverts, comme s'ils avaient été livrés, par l'excès de leurs épreuves, à une sorte d'immortalité rêveuse ou, simplement, comme s'ils avaient été fascinés par l'unique ampoule électrique qui brillait contre une poutre de la grange avec l'acuité même du silence. Seule, parfois, la vrille folle d'un ronflement partait d'un coin d'ombre et, se retournant, le dormeur faisait claquer sa langue sur le vin noir du sommeil. Puis le silence, ce silence du gel qui, dehors, écartelait la nuit, s'établissait de nouveau, sans que personne ne parût songer, même par un simple mouvement, à le rompre. C'est alors que, hors des murs de la grange, s'élevèrent deux longs rugissements.

Ils étaient étrangement profonds, sans doute à

cause du silence environnant, mais aussi parce qu'à cette époque atroce c'était toujours jusqu'à la pierre qu'on draguait. Les visages des Russes jusqu'alors durcis par l'effort de l'attente se détendirent. Les nouveaux sursautèrent, se dressèrent sur leurs coudes et rencontrèrent, dirigés vers eux, vingt regards rallumés par une curiosité soudain triomphante. Ils sourirent avec gêne puis, s'allongeant de nouveau, ils revinrent à leur longue œuvre de contemplation, à la méditation de ce monde depuis des mois nu de tout feuillage et pur de toute pitié, à leur vérité où, comme une poignée de cailloux dans la vérité d'un paysage lunaire, saillait, durement bâti d'ombres, leur irréductible malheur : le malheur des pierres.

Mais c'eût été trop simple et on ne tenait pas du tout à les laisser à leur paisible ignorance.

— Ne faites donc pas des yeux comme ça ! leur cria en riant un des Russes. Ce n'était jamais que le cri d'un lion. Oh ! bien sûr, vous, gens du Dniepr, vous ne savez même pas ce que c'est qu'un lion. Vous ne pourrez jamais le savoir parce que tout ce qui est un doigt au-dessus de votre tête vous dépasse comme une montagne. Non, vous ne savez pas ce que c'est qu'un lion : mais qu'un de vous essaie de passer sa main dans une des fentes du mur, je vous jure qu'il l'apprendra vite ! Il l'apprendra comme on apprend le feu, comme les yeux fermés, mais ce sera déjà quelque chose de nouveau du côté du Dniepr... N'aie pas l'air de rigoler, stari, dans ton coin, je dis la vérité ! Nous sommes veillés par un lion. Economie de personnel et ça vous croque une cheville comme une aile d'oiseau... Ecoutez-le, plutôt, écoutez-le ! Le voilà qui recommence. Il nous dit : « Dormez, vieilles canailles russes, sinon je brise votre porte ! »

Le lion rugit une nouvelle fois, avec mauvaise

humeur, puis se tut. Les hommes n'en finissaient plus de rire en regardant les nouveaux qui, maintenant, s'interrogeaient anxieusement du regard. Une vraie fête, et qui vous dédommageait de bien des souffrances ! Mais, déjà, le lion s'était lassé et plus aucun prolongement ne s'offrait à la gaîté collective.

— Raconte-leur encore! Raconte-leur encore ! soufflait-on à l'homme qui avait parlé et qui maintenant se grattait le ventre sous sa chemise grise.

Il ne savait plus et, pris d'un brusque dégoût, il se mit à injurier les nouveaux, sans élever la voix, avec une sorte de désespoir monocorde. C'était la première fois, depuis leur arrivée, que les nouveaux sentaient autour d'eux un peu de vraie pitié :

— Non ! Les gens du Dniepr sont trop bêtes, trop bêtes ! Regardez-les : on dirait six oisillons qu'on s'apprête à dénicher. Mais qui songerait à monter jusqu'à vous ? Ce serait encore une chance. Est-ce que vous la méritez, seulement ? Dormez, les mangeurs de mamelles. Le lion, vous n'avez pas pu voir, en entrant, c'est celui d'une ménagerie. Voilà ce que c'est, une ménagerie !

Il y avait huit jours, en effet, que s'était arrêtée, devant la grange, la ménagerie du cirque « Krone » chassée de ses habituels quartiers d'hiver par l'offensive russe sur le Niémen. Huit jours que tous les matins, à la même heure, les prisonniers affamés assistaient, pleins d'une curiosité haineuse, au repas des trois lions, des deux ours, du tigre et de la hyène.

Chaque matin, vers dix heures, Ernst, le gardien de la ménagerie, arrivait, portant des quartiers de viande enveloppés dans de affiches de cirque. Il les découpait sur la terre où achevaient de geler les petits ruisseaux d'urine qui se formaient sous les cages. Il décrochait les panneaux de bois sur lesquels étaient peintes de grandes lettres rouges et, derrière les barreaux des cages, apparaissaient, les unes après les autres, les bêtes soudain acculées à la paroi du fond par la blanche lumière du ciel d'hiver. Le bout de leur museau avait cette sécheresse terreuse que, depuis des jours et des jours, le froid donnait aux pierres, au bois des cages qui perdait sa peinture, au cuir du vieux collier qui enserrait le cou épais des ours.

Les rugissements et les grognements ne commençaient de s'élever que lorsqu'Ernst approchait des barreaux le morceau de viande destiné à chacune des bêtes. Il retardait le moment de le lui jeter en pâture afin de l'animer de convoitise, de réveiller, en elle, la flamme qui jusqu'alors ne survivait que dans les yeux. Les Russes attendaient toujours avec une grande tension ce moment-là. Derrière les murs de planches de leur grange dont les gardiens ne leur avaient pas encore ouvert la porte, ils en devinaient l'approche.

Réveillés depuis l'aube, silencieux, ils se levaient, se rasseyaient, se recouchaient, avec une lenteur qui trahissait la courbature de l'ennui, et passaient, sans cesse, leurs mains grises sur leurs figures où tirait le masque de la faim. Deux prisonniers plus âgés, réfugiés depuis longtemps dans une démence muette, restaient debout contre la porte et, harnachés de pied en cap, une ficelle en guise de ceinture, un vieux sac de ciment sur les épaules, une cuillère d'étain ternie attachée en breloque, prêts depuis le milieu de la nuit pour un départ qui n'avait jamais lieu, signalaient fébrilement du geste qu'on allait dans un instant leur ouvrir la porte. On entendait déjà des pas sur la terre durcie, de l'autre côté des parois de bois. Déjà, dans le vent qui, dehors, faisait bruire faiblement de maigres plantes salées de gel et passait par les fentes des planches, fleurissait une odeur puissante... A un bruit de chaînes, contre le vantail, tout le monde se levait. Puis la porte de la grange se rabattait sous la main de l'Allemand et les cinq voitures de la ménagerie apparaissaient, rangées devant la campagne nue, avec leurs bêtes réveillées, leur concert de plaintes et cette odeur semblable à une haleine...

— Venez donc voir ! cria-t-on, depuis la porte, le lendemain matin, aux nouveaux qui, couchés au fond de la grange, ne pouvaient rien apercevoir. Deux ou trois d'entre eux restèrent étendus et soulevèrent leurs têtes afin que ceux qui se levaient pussent placer derrière elles, en guise d'oreillers, le maigre ballot avec lequel ils avaient dormi.

En s'approchant, derrière Ernst, on percevait, chez les lions surtout, un souffle court, brûlant de brièveté, maléfique à force d'économie. La bête esquissait, avec ses mâchoires, un rugissement et le deuxième rugissement, le vrai, ne venait qu'après comme la vague après la vague qui s'est d'abord fait les pattes sur le sable. C'était un rugissement d'une extraordinaire puissance. Ernst tendait la viande à l'animal puis, prestement, la retirait. Le spectacle de cette convoitise déçue soulageait obscurément les prisonniers.

— Voulez-vous foutre le camp ! criait Ernst en se retournant.

Il jetait, avec colère, le morceau de viande dans la cage. C'était de la viande d'un rouge noir, à la surface desséchée, garnie de chapelets de suif ou d'une grosse veine comme un doigt de gant blanc coupé. Malades d'envie, les Russes poursuivis par les injures du gardien regagnaient leur grange.

La soupe, si claire qu'il fallait qu'un homme la remuât sans cesse à l'aide d'un bâton pendant qu'on puisait dans le baquet afin de maintenir un égal mélange de légumes et d'eau, était enfin apportée, après des délais mortels, des incertitudes épuisantes. Puis, le repas avalé, une sorte de torpeur semblait s'emparer des hommes. Une torpeur née de l'insatisfaction, qui laissait subsister la plus terrible lucidité et qui n'était que l'immobilité du désespoir. Le gardien avait refermé la porte de la grange que quelques vasistas éclairaient faiblement, çà et là. C'étaient, de nouveau, ces heures interminables pendant lesquelles on se souvient de la branche de sureau qu'on a coupée, un jour d'été, près d'un ruisseau, qu'on a évidée de sa moelle sucrée, pour rien, pour le plaisir inconscient de pétrir entre ses doigts cette manne dont se repaît aujourd'hui notre besoin de miracles...

— Non ! Mais regardez ! hurla soudain quelqu'un dressé sur son séant.

Il désignait les nouveaux. Tous les six, étendus ou appuyés sur un coude, les yeux mi-clos, religieusement, les nouveaux fumaient. Ils fumaient des cigares bagués et renflés, avec juste une lenteur un peu guindée où l'on sentait la conscience et l'amertume du contraste. On sentait aussi qu'ils attendaient qu'explosât la stupeur des autres mais cela avec autant d'impassibilité que s'ils avaient porté des œillères. Des exclamations partirent du fond de la grange et, deux secondes plus tard, une douzaine d'hommes vinrent se planter devant les fumeurs :

« Où avaient-ils eu cela ? Combien de cigares possédaient-ils ? » Les nouveaux expliquèrent qu'une nuit ils avaient traversé une ville sous un bombardement. Le magasin de tabac venait de s'effondrer, peu avant leur passage. Si on les avait aperçus, sûr qu'ils auraient été fusillés... Pour ce qui avait trait à l'importance du butin, ils restaient évasifs et personne n'insista. On était retenu par cette pudeur qui réapparaissait chaque fois que les conditions normales de la vie, la fortune ou ses secrets se trouvaient rétablies. L'un des nouveaux fouilla dans sa poche et offrit un cigare, à l'aveuglette ; les autres abandonnèrent leurs mégots et éprouvèrent, en même temps, le besoin de faire connaître leurs intentions : ils étaient prêts à donner des cigares contre de la nourriture.

On se récria : « De la nourriture ! » Mais, en dépit des rires douloureux qui s'élevaient autour d'eux, les nouveaux appuyaient farouchement sur ce point, révélant ainsi quelque résolution solennelle qu'ils avaient dû prendre d'un commun accord, au cours de la nuit. On s'éloigna d'eux avec tristesse. Il ne manquait plus que cela ! Après le supplice quotidien du repas des fauves, la tentation affreuse du tabac... Une nappe de fumée flottait autour des poutres de la toiture comme le petit ciel symbolique où se rejoignaient, en ce moment, les pensées des quarante prisonniers. De la nourriture ! On entendait le bruit des panneaux de bois qu'Ernst replaçait devant les cages. L'Allemand vint ouvrir la porte de la grange :

— Quelqu'un pour me donner un coup de main ! cria-t-il sans franchir le seuil.

Sept ou huit hommes s'élancèrent : le premier, seul, fut retenu. On l'enviait déjà follement. Une seconde avait suffi. On sentait qu'il avait déjà un pied dans l'autre camp : celui où l'on donnait à manger aux bêtes.

On ne s'était pas trompé. Le gardien de la ménagerie prit l'habitude d'employer, chaque jour, le Russe à des tâches diverses. C'était, maintenant, comme si les hommes de la grange avaient eu accès à ce monde qui, au delà de sa barrière de fauves, s'étendait, désolé par la guerre, dénudé par l'hiver, mais plein encore de fructueux hasards.

— Je reviens d'une ferme où nous avons chargé une vache morte... déclarait l'homme, le soir, en rentrant. Un autre jour, il était allé chercher de la paille et il décrivait les lieux, retraçait l'itinéraire, indiquait tels terriers de lapins dans un bois isolé, tel silo de pommes de terre éloigné de toute habitation. L'univers retrouvait sa physionomie. Et, comme si cette lente résurrection se fût accompagnée de signes plus véritables, l'hiver sembla relâcher sa prise. Il y eut un jour de dégel.

Les bêtes se ranimèrent et troublèrent le silence de la nuit. Le lendemain, autour de la grange, des noyaux de glace à demi fondus mettaient dans l'eau sombre des fossés des coroles transparentes de méduses. Dans les endroits plus protégés où la glace affleurait, elle avait cependant subi la succion intérieure du dégel et avait un éclat d'un blanc atténué, un reflet lacustre à peine plus blanc que le reflet du ciel sur l'eau. Cette équivoque blafarde ajoutait à la tristesse du paysage. Et comme l'obscurité était longue à se faire, maintenant !

On avait découvert, au bas du treillage qui clôturait la cour, un fil de fer barbelé assez détendu pour qu'un homme pût se glisser contre le sol. Un soir, deux hommes furent tirés au sort pour aller voler des pommes de terre dans le silo dont l'auxiliaire d'Ernst avait désigné l'emplacement. Un peu d'angoisse se mêla bientôt à l'impatience générale. Quand ils sortirent enfin, on entendit grogner les bêtes à leur passage, puis l'attente commença. Chacun, dans la grange, cherchait à tromper son inquiétude. Les nouveaux allumèrent des cigares.

— Attention ! leur cria-t-on, vous n'aurez droit aux pommes de terre que si vous donnez des cigares en échange...

Ils hochèrent la tête. Au bout d'une heure, les deux hommes revinrent. Ils portaient deux énormes sacs.

Dès lors, chaque soir ramena cette expédition dont on oublia rapidement le danger. Les hommes, naguère désarmés par la faim, avaient perdu l'air de culpabilité que donne un trop long jeûne et, comme lestés d'une dignité nouvelle, ne connaissaient plus l'incertitude ou la peur. On allumait des feux dans un coin de la grange et, le repas fini, la fumée des cigares couronnait le retour du silence : un silence repu. Cependant des conciliabules reprenaient dès que s'était éteinte l'unique lampe. Le « trafic » maintenait éveillés dans l'ombre des hommes peu habitués à chuchoter et brusquement dotés d'une étrange voix rauque, triste comme la voix d'un pressentiment. Ce n'était pourtant que le « trafic », une activité récente qui diluait dans tous les instants de la journée un peu de l'ivresse froide du jeu. Ceux qui ne fumaient pas, se trouvaient, peu à peu, riches des cigares que les nouveaux cédaient, chaque soir, à la communauté en échange de quelques kilos de pommes de terre. Ils avaient pu, d'abord, acheter à ceux dont les besoins en tabac n'étaient pas satisfaits tout ce que ces derniers pouvaient leur offrir : des chaussures moins mauvaises que les leurs, une musette, une gamelle d'aluminium sur laquelle il y avait, gravé, le mot « Katioucha » avec une figure de femme et des marguerites. Ces possibilités d'échange se trouvèrent bientôt épuisées.

C'est alors que le Russe qui aidait le gardien de la ménagerie attira à lui toutes les pratiques. Ses occupations le mettaient, chaque jour, en rapport avec la population allemande elle-même presque totalement privée de tabac en cette sixième année de guerre. Il alla cependant au plus court et s'ingénia à circonvenir l'homme dont il partageait le travail. Un soir, il rentra, portant, enveloppée dans une affiche de cirque, une partie de la viande qu'Ernst devait donner, le lendemain matin, aux bêtes. Dès lors ce nouveau mode d'échange s'institua et il ne se passa plus de jour que l'homme ne ramenât sous son bras, comme un voleur, un paquet informe et taché de sang.

Ce fut avec un plaisir inavoué et un peu d'inquiétude que les Russes s'aperçurent alors d'un brusque changement. Au moment où, les privations cessant, s'éteignait leur enfer, un autre enfer s'éveillait, de l'autre côté de la grange. Le même. Cette jungle qui ne serait jamais partout pacifiée, à la fois. La fureur des bêtes condamnées à la faim éclata en un concert de grognements et de gémissements qui ne laissa plus de repos aux habitants de la grange. Lorsque les plaintes faiblissaient, on entendait, en s'approchant des cages, la respiration sifflante d'un animal couché, la tête près du panneau de bois, poussée contre la grille, vers une raie de jour bleu et froid sur laquelle s'entr'ouvrait la nuit démoniaque de la faim.

Ailleurs, des griffes s'attaquaient au plancher des cages avec la force spasmodique des enterrés vivants. Puis la tempête des pleurs et des clameurs reprenait et les hommes se portaient sur le seuil de la grange comme lorsque, l'été, l'orage de midi redouble de violence. Leur peur grandissait. Dans l'ampleur même de leur revanche, ils discernaient, avec l'âme des premiers âges, de confuses menaces. Et puis, volontairement fermés à la pitié, assouvissant passivement leur besoin de vengeance, ils n'en apprenaient pas moins quels tourments ils pourraient connaître dès que les vivres clandestins dont ils étaient pourvus viendraient, de nouveau, à manquer.

Lui-même effrayé, Ernst parvint, en dépit des tentations, à réduire les échanges et à rendre aux bêtes la moitié de leur ration. Puis, une fois encore, sa volonté flancha. Pour une poignée de cigares, le pain des ours passa, avec la viande, aux habitants de la grange. La nature pacifique des ours et le symbole du pain fit paraître cette substitution plus criminelle aux yeux des hommes. Nul, cependant n'avoua sa gêne. Lorsqu'on enlevait les panneaux, l'ours gris se dressait sur ses pattes de derrière, ouvrait des bras d'aveugle et retombait lourdement, le museau bas. Dans la nuit de sa cage refermée, on l'entendait aller et venir longtemps, pleurant de faim et dansant. Dès lors, on se détourna instinctivement de sa cage.

Le froid était revenu. Les expéditions pour le ravitaillement en pommes de terre se poursuivaient et les hommes avaient, en rentrant de ces équipées, une voix coupée et sifflante qui donnait l'idée d'un danger mordant. Le danger ne commença pourtant d'exister que, lorsque au cours de cet interminable hiver plein d'incertitudes, l'emprise du gel faiblit, une fois de plus. Personne n'eut d'ailleurs le temps d'en prendre conscience. Un soir, les deux hommes étaient partis depuis une demi-heure lorsque la neige se mit à tomber en flocons serrés. La chute ne devait se ralentir que pendant la nuit. Les deux Russes revinrent alourdis et blancs. Ils tapèrent leurs semelles sur le sol et le bruit parvenait amorti par le fond de silence que faisait la porte ouverte sur la nuit. Ils parlèrent et leurs voix semblèrent déjà lointaines. Le lendemain, plus légère, la neige continuait de tomber. Debout, sur le seuil de la grange, les hommes accompagnaient, avec toute la force de leur désir, le silencieux événement de la neige. Ils ne savaient pas alors exactement pourquoi ils souhaitaient que la neige ne cessât pas et que s'accrût encore cet étouffement de la nature entière. Sans doute, parce que la nouveauté du spectacle leur plaisait ; sans doute, parce qu'ils goûtaient le vertige que créait ce mol sablier de l'éternité renversé au-dessus de leurs têtes... Des endroits du sol au bord desquels la neige fondait montraient une terre vive et sombre, comme la virginité des terres minières et c'était aussi des couleurs d'humus : la nature hivernale se fardait de fertilité. Des corbeaux bougeaient, là-bas, dans le silence des âmes.

Les bêtes s'étaient tues. Vers dix heures du matin, l'arrivée des policiers retarda leur repas ou ce qui, maintenant, n'en était plus que le simulacre. Des empreintes de pas, sur la neige, avaient conduit les policiers jusqu'à la grange après qu'un paysan leur eut montré son silo éventré où plusieurs tonnes de pommes de terre avaient été irrémédiablement touchées par le gel. Les prisonniers furent enfermés dans la grange.

— Qui a fait le coup ? demanda, le revolver au poing, un des Allemands en uniforme vert.

Les deux hommes qui étaient allés au ravitaillement la veille au soir sortirent des rangs. Une taloche leur fit faire trois pas vers le mur et ils s'arrêtèrent, tête basse, avec cet œil blanc des chevaux qu'on dresse. On les emmena vers la ville. La neige tombait, toute molle, et fondait sur le bois des cages, ravivant les lettres rouges des panneaux. Des soldats fouillaient la grange. Dans les ballots des nouveaux, ils trouvèrent une douzaine de cigares : les derniers. Ils les empochèrent en jurant puis ils sortirent en refermant derrière eux le vantail. Et, dehors, le silence, de nouveau, s'appuya lourdement de l'épaule aux murs de la grange, comme un ennemi vous attend. Un homme alla coller, au bout d'un moment, son œil à une fente, du côté où s'alignaient les voitures de la ménagerie :

— On leur donne à manger, dit-il.

Tout le monde accueillit ces mots avec un profond calme comme si c'eût été l'arrêt d'une justice divine. Voilà que tout recommençait, à présent...

Les deux voleurs de pommes de terre furent abattus par les policiers, à la fin de l'après-midi, dans un champ voisin de la grange. Les hommes étendus sur la paille et redevenus, pour l'éternité, attentifs, perçurent, par deux fois, le sec claquement d'amorce d'un pistolet. Deux coups sans écho, cinglants et expéditifs comme une paire de gifles. Un quart d'heure plus tard, on jeta, du haut d'une charrette, les deux corps devant la porte. Le voiturier vint décadenasser le vantail et repartit. Personne n'osa sortir.

Les cadavres avaient les membres tordus, l'attitude de panique ou de vaine défense que la mort avait figée et chaque Russe était lui-même raidi dans son corps par l'immense courbature de la mort. Là-dessus, la neige... Elle combla d'abord le creux des plis des vêtements, des boucles de cheveux, les orbites, accusant violemment l'ensemble comme dans un cliché trop écrasé. Bientôt, la nuit ne permit plus de distinguer ces renflements et cette dure opposition de blancs et d'ombres.

— Vous n'aurez rien à manger pendant trois jours, avaient dit les soldats en sortant de la grange.

La stupeur passée, après l'exécution, la première frayeur rapidement calmée car tout sentiment un peu aigu semblait être lui-même amorti par ce climat de perpétuel ensevelissement, de silence feutré, comme l'eût été un cri, le souvenir de ces paroles revint à l'esprit des hommes. En manière de punition, le courant électrique avait été coupé dans la grange. On devinait, au milieu de l'ombre épaisse, tous les yeux demeurés ouverts dans le mépris dernier du sommeil, dans la lucidité tranquille du désespoir.

— Elles vont avoir double ration..., dit lentement un de ceux qui ne parlaient jamais et qui n'avait peut-être parlé que dans son rêve. Personne n'avait encore songé à cela : les deux cadavres étaient-ils promis aux bêtes ?

Le lendemain matin, lorsque les Allemands ouvrirent la porte de la grange, les hommes se ruèrent dehors impatients de savoir si s'accomplirait, au moment du repas des fauves, ce qu'ils avaient imaginé. Des cadavres, on ne distinguait plus, sous la neige, que l'exhaussement de la poitrine, ébauchant déjà, à la place d'un corps, sa creuse architecture de carcasse. Ernst arriva bientôt, chargé de quartiers de viande. Il n'osait regarder personne, pas plus les vivants que les morts. A peine avait-il posé sur le sol le panneau d'une cage qu'il jetait le morceau de viande à travers la grille. On avait juste le temps d'entendre un grognement bref comme si ce n'eût été que le bruit des énormes mâchoires qui s'ouvraient et se refermaient pour broyer la viande noire. Accroupi sur sa nourriture, le tigre aux flancs pelés réchauffait, autour de lui, une puissante odeur génitale. Les hommes sentirent leur tête tourner. L'un d'eux se baissa et mangea une poignée de neige.

— Si on leur proposait ? dit brusquement quelqu'un en se cachant parmi les autres.

Deux gardiens allemands étaient là, à quelques pas, attentifs au spectacle. On poussa vers eux le plus innocent de la bande.

— Dis-leur que nous échangeons les deux corps contre la viande de demain...

L'homme s'avança, hésitant et rejetant sur ses flancs, à chaque pas, sa musette vide.

Comme il approchait des Allemands, un grondement se fit entendre dans le lointain. Tout le monde s'immobilisa. Les bêtes s'arrêtèrent de manger et dressèrent leurs oreilles.

C'était le canon russe. Le front allemand venait d'être percé.

GASTON

Il regardait avec passion le rat lâché au milieu du bureau mais le rat demeurait immobile. Griffonné de poils gris, une patte boursouflée par quelque sarcome, la queue parsemée de soies qui s'échappaient de chaque annelure à la façon du duvet des chenilles, il ressemblait assez bien à une grosse carotte velue ou, plus exactement, il se résorbait comme ils savent tous le faire, pour peu que ce soit déjà le crépuscule, que rien ne puisse plus trahir la pantoufle perdue, le chiffon oublié, si ce n'est ce lombric allongé sur le plancher et, hors de l'écheveau de laine grise, ce cordon à peine charnu et inerte, ce lacet suspect par quoi, soudain, avec la force des toupies, se dévidera toute la peur.

C'était le *mus décumanus* des livres, le « surmulot », et, dans la captivité, il suffoquait sur place, l'apoplexie traduisant la supériorité de l'espèce et la défaite ne s'accommodant guère d'une telle absence de cou :

— C'est peut-être ce qu'on appelait, dans le temps, un vulcain, dit le collègue de Joste. D'ordinaire, les nôtres sont moins franchement gris.

L'employé disait cela sans nécessité, uniquement sans doute parce que l'examen semblait devoir se prolonger et qu'il avait hâte de revenir au langage dont l'ésotérisme nouveau imposait, depuis quelques semaines, derrière les mornes besognes administratives, l'idée d'une préalable et difficile initiation. Avec le *mus vagus*, le *mus minutus* ou le *decumanus* de la terminologie ratière, les subordonnés de Joste avaient vu, quelque temps plus tôt, leur pouvoir jusqu'alors strictement limité s'étendre à un monde agile, un monde nombreux et sans frontières où apparaissaient, chaque jour, des espèces plus jeunes et, pour eux, le nom du *mus leucogaster*, plus récent et empreint d'une noblesse barbare, résonnait maintenant comme un des mots de passe ouvrant le domaine second.

Le service d'hygiène urbaine dont ils faisaient partie n'était pas encore tout à fait sur pied, deux mois plus tôt, qu'ils s'étaient jetés sur les livres de zoologie ratière et qu'impatients bientôt de vérifier leurs fraîches connaissances ils avaient commencé de capturer dans les égouts ou les souterrains dépendant de leur administration les premiers rongeurs-témoins :

— Prenez garde aux morsures ! leur recommandait Joste.

Mais ce danger ne les détournait pas de leur chasse. N'était-il pas exaltant d'exercer maintenant un métier périlleux à l'origine duquel on aurait pu inscrire la perte de l'armée de Sennachérib, due aux rats, ou encore le triste destin de l'archevêque Hatto qui, de sa tour, près de Mayence, voyait, chaque soir, de quel pelage immonde le crépuscule se vêtait et quelle moisissure couvrait, dans les arbres voisins, chaque pomme de pin ?

Ils redoublaient si bien d'ardeur que Joste dut bientôt déconseiller l'empaillage devenu trop coûteux. Dès lors, on se contenta de lui montrer les captures les plus intéressantes et, armé d'un tisonnier, un des six employés vint, presque chaque soir, ouvrir dans le bureau de Joste la cage où un rat capturé, une heure plus tôt, se hérissait.

L'homme renversait la cage, reculait de deux pas mais, chaque fois, le rat, après avoir esquissé un trottinement, demeurait immobile. C'est que, pour les bêtes de cette espèce, il y a les « aires », ces cercles en apparence parfaitement neutres que délimite tantôt l'appréhension, tantôt l'attente ou tantôt le destin, en un mot tout ce qui fait de vous le moyeu ou le centre, et, en ce moment, cette aire était aussi bien dessinée, aussi bien éclairée que si la mort avait, au-dessus de vous, allumé une lampe.

Et s'il n'y avait eu que cela ! Mais, depuis son entrée en fonctions, Joste avait deviné qu'un univers extrêmement agencé s'ouvrait — ou, plutôt, s'entr'ouvrait — devant lui et que jamais on ne viendrait à bout de cette engeance tant qu'on ne saurait sur quels parcours précis placer les forces d'interception. Au vrai, ce n'était pas sans un secret plaisir qu'au hasard de ses découvertes, il s'enfonçait, chaque jour un peu plus, à la suite des bêtes, dans le labyrinthe. Maintenant, il commençait d'apercevoir à travers la ville, à travers ses espaces nus ou dans ses maisons, les balises abstraites, les cloisons transparentes, les mitoyennetés hérissées d'impalpables défenses qui délimitent, à notre insu, le règne des animaux.

Tantôt, c'était comme les cases d'un immense jeu de marelle qu'on foulait sans y prendre garde ou qui s'ordonnaient en hauteur; tantôt, de sinueuses pistes duvetées d'odeurs ; tantôt, des chemins de prescience plus profonds que des sillons, des sentiers rebattus mêlant leurs arabesques dans le parc du silence et il n'était pas jusqu'à l'oiseau qui passait dans le ciel qui ne fût embarqué dans une des soutes du vent. Là-dessous, se multipliaient les tunnels, les châteaux d'ombre, les ponts et, pendant du faîte de certains de nos murs, ces autres ponts de liane, ces plantes chevelues invisibles qui permettaient l'escalade, ce vieux lierre du possible que chaque coup de griffe regreffait.

Sur les bords de ce dédale sans limites, de ce labyrinthe livré à la lumière où fleurissaient des milliers de signes, les retraites organisées, les terriers aux issues apparentes restaient les seuls lieux susceptibles d'être repérés mais enfonçaient toujours loin dans le sol, dans les fortins ronds de la nuit, la perle perdue d'un œil vigilant et calme qui demeurait là, clignotant et brillant comme une humide aorte des ténèbres.

Joste savait que, là, les conduits se prolongeaient en rameaux innombrables, que les parois intérieures se révélaient perméables aux corps, perméables aux présences et que ce qu'il appelait « les demeures » couchaient jusqu'au cœur de la terre de très longs arbres creux, sylve noire parcourue d'une sève velue dont chaque poussée, au cours des brusques printemps de la nuit, faisait crier, au fond du sol, les pierres mortes. Et il sentait bien que, de la lutte inégale à laquelle ses fonctions le contraignaient, il ne pourrait sortir vainqueur que s'il parvenait à percer, et à repercer encore, dans une sorte d'inlassable acupuncture de la lucidité, les secrets touffus de l'espèce. Aussi regardait-il avec passion le rat qu'on avait lâché au milieu du bureau :

— Assommez-le, dit-il enfin à son subordonné, vous irez le jeter dans le foyer de la chaudière.

Il se détourna, regagna son bureau placé dans un coin de la pièce. Il ne l'avait pas encore atteint qu'un coup de tisonnier retentit sur le plancher, suivi, de près, par un autre coup qui s'accompagna, cette fois, d'un faible cri aigu, le cri de mort des rongeurs qui, dans un vain paroxysme de colère, fait saillir, sur un petit saignement de nez, deux incisives blanches qu'on ne soupçonnait pas. L'employé poussait maintenant du pied le rat sur une pelle. Joste relisait le rapport accablant.

Il était rédigé dans le style emphatique que les édiles employaient pour parler des affaires de la ville : « ...Plus inquiétante encore apparaît la situation aux écoles de filles et maternelles du 47 de la rue d'Ortignies, y lisait-on notamment. Les rongeurs délaissant leurs abris souterrains grimpent jusqu'au troisième étage et quelquefois se promènent dans la cour, semant l'effroi parmi les enfants et jetant l'alarme parmi le personnel enseignant, inquiet, à juste titre, à l'idée que l'un d'entre ces rongeurs ne véhicule la peste, le typhus, la fièvre typhoïde, la rage ou la spyrochetose. La Préfecture interviendra-t-elle enfin ? »

— Interviendrez-vous enfin efficacement, Joste ? avait crié, dans le téléphone, le chef de cabinet.

Joste avait reposé l'appareil en soupirant d'impuissance et, maintenant, pour la centième fois, il sortait de son armoire ses poisons et ses pièges.

Il y avait une cinquantaine de pièges. Quelques-uns étaient de ceux qu'on trouve dans le commerce mais la plupart avaient été apportés à Joste par des inventeurs obscurs désireux de monnayer leur brevet. Joste ne savait trop que penser des inventeurs de pièges. C'étaient, en général, des hommes sans génie, soucieux de l'immédiat et fort peu destinés, par leur état, à collaborer à l'œuvre d'assainissement qu'entreprenait la ville.

Toutefois, pour éloignées que dussent être leurs préoccupations légitimes des choses de la dératisation, il ne s'agissait guère, dans leur cas, de cruauté ou de sadisme lorsqu'ils s'employaient à l'invention et à la confection de nouveaux pièges. C'était vraisemblablement le goût du destin qui les amenait à forger avec ingéniosité tant de ressorts et à concevoir tant de trappes. Il aurait été vain d'aller chercher plus loin l'attractive poésie de l'engin : c'était le déclic placé sur le chemin de la vie, le temps miné; à l'extrémité d'une séquence plane et forcément un peu blafarde, c'était la surprise, le trébuchet qui faisait tout basculer dans la mort ou la captivité; c'était le coup de claquette qui interrompait le chœur, ramenait le silence et réduisait toute vie à l'agenouillement.

Et puis, ce qu'il y avait de passionnant, dans le piège, c'était bien le dépôt qu'on y faisait de sa propre volonté qui, dès lors, coupée de ses racines temporelles, allait vivre à l'état de pur potentiel, dans un bain d'irresponsabilité. La bête pouvait venir ou ne pas venir : on avait, avec trois bouts de bois, reconstitué les éléments du destin et, depuis son échafaudage dérisoire, il laissait s'écouler son chemin de glu, loin, très loin, plus loin encore qu'on ne l'imaginait, jusqu'à ce gros insecte porcin et sans yeux, oui, jusqu'à la naissance du rat.

Joste commençait de faire l'inventaire de ses pièges lorsque son second, Paulet, rentra dans le bureau :

— Vous avez lu la note de service ? lui demanda Joste en désignant la feuille de papier posée sur sa table de travail.

Paulet l'avait lue mais il s'en empara afin de la relire. Lorsqu'il la reposa, son front était plissé et il éprouva le besoin de faire quelques pas dans la pièce. Puis il revint vers Joste en sifflotant entre ses dents. Bien que son front demeurât plissé, Paulet était visiblement très excité par l'ampleur et le caractère d'urgence de la tâche qu'on leur demandait :

— Savez-vous ce qu'il nous faudrait, monsieur Joste ? s'écria-t-il. C'est quatre ou cinq fois plus de pièges. Qu'attendent-ils pour nous accorder des crédits. On en ferait fabriquer en série.

Joste sourit. Il était attendri par l'ardeur de son subordonné :

— Si je vous comprends bien, Paulet, vous ne croyez guère à l'efficacité du poison. Mais savez-vous que vous affichez là des idées subversives ? On vient de me faire apporter de la Mairie douze flacons de pâte bleue. Les crédits que vous demandez, les voici ! Ils ne vous suffisent donc pas !

— Non, monsieur Joste, ils ne me suffisent pas, répondit Paulet, lui aussi avec un sourire complice, et, si j'ose me permettre, je crois que vous n'êtes pas loin de penser comme moi. Les pièges...

— Allons, Paulet ! Ne cherchez pas à me compromettre ! s'écria Joste avec enjouement. Vos pièges, toujours vos pièges. Savez-vous que cela tourne à l'enfantillage ? Mais, puisque vous m'obligez à parler de pièges, dites-moi donc un peu celui que vous préférez.

Paulet se frotta la joue :

— Eh, vous me prenez au dépourvu ! Nous en avons de vingt sortes, au moins, et, à mon avis, chacune présente des avantages certains. Cependant, si l'on veut à tout prix choisir... (Il hésitait encore) ce serait peut-être...

— Le Pullinger ? suggéra Joste en baissant la voix.

— Comment avez-vous deviné ? s'écria Paulet. Ah ! mais c'est peut-être que vous aussi...

— Bien sûr ! dit Joste en riant. Je ne suis pas plus bête que vous. Le Pullinger est un bon piège, un excellent piège et la seule idée du bonhomme qui me l'a apporté a consisté à donner au modèle des dimensions convenables. Mais le mécanisme, vous en conviendrez, c'est du Pullinger pur !

Il se tourna rapidement vers l'armoire afin d'en sortir l'engin qu'il avait jusqu'ici laissé à sa place parce qu'il eût encombré la table. Il le posa sur le plancher. La souricière de Pullinger (nom d'un inventeur du siècle dernier) avait la particularité de se retendre seule. Elle était composée de deux planches à bascule et c'était la seconde (le rat étant attiré à son extrémité par la lumière grâce à une plaque de zinc à jour — et cette idée d'appâter avec de la lumière n'était-elle pas simplement admirable ?) qui remontait le mécanisme lorsqu'elle s'affaissait, à son tour, sous le poids de l'animal.

— J'estime que ce Pullinger peut contenir vingt bêtes, au moins, dit Joste en abattant sa main sur la boîte. Ah ! si nous en avions une centaine seulement !

Paulet hocha la tête pensivement.

— En attendant, revoyons ceux-ci, dit, en revenant brusquement vers sa table, Joste qui regrettait de s'être confié à son subordonné.

« Ceux-ci », c'étaient, en nombre considérable, des engins de toutes les tailles qui répétaient, sous des formes diverses, les types classiques des instruments de prise ou de mort. En ce moment, posés les uns à côté des autres sur le plancher, ils figuraient assez bien une espèce de cité réduite, une maquette de ville où s'espaçaient les maisons autour des carrefours bagués constitués par les traquenards à dents, ces pièges circulaires au centre desquels s'érigeait la « marchette », semblable à une petite lyre.

Parmi toutes les trappes à bascules et les trébuchets-battants qui dressaient, çà et là, leurs boîtes inégales, la souricière de Pullinger élevait à une dignité architecturale le terme de « maison » que Joste se plaisait à employer en parlant des pièges qui ne tuaient pas et qui, malgré l'horreur de la chute et l'angoisse de la captivité soudaine recelaient, derrière leurs parois de métal, l'ombre, l'accoutumance rapide, le silence et la ressource du sommeil. Dehors, c'étaient les embûches de la vie, l'hiver, les tentations de la faim. Tout près des carrefours bagués, l'assommoir « quatre de chiffre » (une planche soutenue par trois petits morceaux de bois assemblés à la façon d'un quatre) tendait son auvent fallacieux sous lequel l'envie de l'appât vous pousserait brusquement comme une bourrasque.

Un peu plus loin s'étirait, tordue en corde de scie, la corde de l'assommoir du Mexique qui ferait, dans une seconde, se rabattre la palette garnie de pointes ou de dents... Sans doute, la ville est calme, mais tous les parapets et toutes les murailles sont des mâchoires. Et, voyez ! même très éloignées les unes des autres, les mâchoires de la ville sont très exactement appariées. Les murs ne se rapprochent pas en vain et si le piège qu'on nomme « l'arbalète » se détend et si sa pièce mobile, déjà garnie de dents, vous pousse soudain, c'est qu'à l'autre bout le buttoir est sa réplique fidèle, avec juste le décalage nécessaire, dans ses dents, pour que, l'espace d'une seconde, vous soyez « cardé ». Ainsi, les « maisons », toutes les « maisons » et leurs asphyxies sont secourables, pour peu que, le travail fait, on ne les ouvre pas sous la dent des chiens...

— Nous commencerons demain matin, dit Joste en allant prendre dans l'armoire le gant qu'il avait lui-même confectionné et qui lui servait à éprouver la force des pièges : une sorte de fourreau de gros drap gris dont l'extrémité, juste assez large pour qu'on y logeât le majeur et l'index, avait été renforcée par du feutre. « Vous me croirez si vous voulez, Paulet, mais cette invasion soudaine de rats m'inquiète. Je ne saurais dire pourquoi. Ce n'est pas tellement les risques d'épidémie, le mécontentement de ces messieurs de l'hôtel de ville. Non, c'est autre chose... »

Il avança le bout de son gant vers la marchette d'un piège qui claqua en emprisonnant entre ses mâchoires le doigtier.

— Vous les voyez, la nuit ? lui demanda Paulet en baissant la voix. Moi, ça m'arrive, dans mes rêves. Je me réveille et il me semble encore les entendre gratter. Oh ! ça ne va pas plus loin ! s'écria-t-il en rougissant, je me rendors aussitôt.

— Non, je ne les vois pas, répondit Joste, oubliant de dégager son doigt et regardant rêveusement devant lui. Ou, du moins, je ne les vois pas encore très bien et, tenez, après tout, c'est peut-être cela qui m'inquiète...

Son inquiétude s'était toutefois dissipée lorsque, le lendemain matin, il rejoignit ses hommes devant l'entrée des égouts. Il se disait : « La vie est simple. » Il avait dîné, parlé longuement de leurs amis, de leur maison, de leurs livres avec sa femme, dormi contre son flanc, bâillé longuement en frottant de la main sa barbe dure, tandis qu'au-dessus des toits montait l'aube pluvieuse, point trop pluvieuse, de la vie. Il avait ri. Il avait dit : « Je vais à la chasse aux rats, quel métier ! » et tout cela était simple. Mais voilà que tout recommençait : il comptait ses hommes du regard.

Un de ses employés portait, avec des précautions ridicules, une boîte de carton pleine de tranches de pain enduites de pâte bleue. Les autres étaient chargés de sacs de toile contenant les pièges. Leur lampe à la main, deux égoutiers assumaient les fonctions de guides et avaient procuré des bottes à chacun des membres de l'expédition. On descendit par une échelle de fer et, tout de suite, on fut dans « leur » domaine.

Le grand collecteur était, à cet endroit, bordé par une berge étroite qu'éclairait, de place en place, la cheminée d'un caniveau. Sur les pavés du quai, des rats bougeaient, des rats vivaient. On les voyait de loin, tantôt immobiles, essaimés dans les nappes de lumière et sagement moussus, tantôt glissant rapidement à travers les flaques d'eau, avant de se fondre dans l'ombre des murs ou de plonger dans le courant noir, avec un « floc » qui prenait d'étranges proportions, sous la voûte, et portait très loin, ride après ride, jusqu'au bout des plus longs canaux, une rumeur de noyade. Lorsque la troupe approchait, ils disparaissaient tous, laissant sur le limon qui recouvrait la pierre du quai la large traînée de leur ventre, un coup de torchon qui s'effilochait et barbouillerait interminablement, un peu plus loin, les coins de ciment sec providentiels.

Les hommes passés, ils reprenaient leurs places sur la berge, un peu plus agités, peut-être, le museau inquiet, sollicités plus fort par la « grande truffe », cette unique divinité de la plupart des animaux, dieu obscur dont rien n'égalera jamais l'obstination. Enfoui dans le sol ou, plutôt, constituant le noyau de la terre, il ne cesse de dégager, même à travers la pierre, même à travers la neige ou le gel, sa noire et idéale senteur. Rarement recouverte, ici, par les pas des hommes, son olfactive présence devait régner comme un inépuisable musc et s'étendre partout alentour comme l'aube souterraine de « leur » royauté.

— Commençons ici, dit Joste, lorsque la troupe eut parcouru plusieurs centaines de mètres. Vous, Gravaud, vous déposerez une tartine de poison tous les dix pas. Quant aux pièges...

Il retrouvait ici ses préoccupations anciennes : quels étaient les chemins des rats ? Déjà instruit par ses livres, il lui semblait, depuis quelques instants, que les bêtes menaient une existence en quelque sorte adjacente à l'égout, le traversaient, mais ne le longeaient pas et qu'on se trouvait en face de déversements de rats, d'écoulements de rats n'excluant pas les reflux, mais toujours prisonniers du lit d'un affluent creusé une fois pour toutes. C'était, sans doute, comme si, loin de jouir d'une liberté complète, chaque tribu disposait d'une zone riveraine, d'un accès à la mer et ne se risquait dans les territoires voisins que lorsque toute retraite normale lui était interdite par l'imminence d'un danger. Mais allez découvrir le lieu de ces passages !

Joste opta finalement pour les taches de jour qui tombaient de ce côté de la voûte à l'endroit où les caniveaux la perçaient. N'étaient-ce pas, après tout, d'excellents lieux de rencontre, ces régions équivoques où s'associaient la lumière du monde supérieur et l'ombre froide de l'égout, un endroit particulièrement indiqué pour que l'homme et le rat y échangent, sans un mot, sans un cri, leurs méfaits ? Paulet commença donc de « tendre ». Il tendait au fromage et au lard, coupant à l'aide de son couteau de poche, dans le bloc de gruyère ou la bande de panne, ces petits cubes égaux sous la forme desquels, dans les chantiers, les ouvriers debout absorbent pensivement leur nourriture du matin. Il s'apprêtait, en compagnie de Joste, à poser le Pullinger lorsque des clameurs s'élevèrent au bout de l'égout qu'avaient atteint, entre temps, les autres hommes de l'équipe.

L'un d'eux essaya de courir avec ses lourdes bottes : mais dut bientôt s'arrêter. Déjà le rat qu'il poursuivait déboulait dans les jambes de Joste. C'était un animal exceptionnellement gros. Joste crut distinguer, sur son dos, une large tache sombre.

— Vous l'avez vu ? cria l'égoutier encore essoufflé par sa course. Qu'est-ce que vous dites de sa taille ? Vous savez c'est une vieille connaissance : c'est Gaston !

— Gaston ? demanda Joste intrigué.

— Je vais vous expliquer, reprit l'homme en s'approchant. C'était il y a une quinzaine de jours. J'étais dans le secteur, occupé à repeindre au coaltar un bout de canalisation. A un moment, je me retourne pour prendre je ne sais plus quoi et qu'est-ce que je vois, à cinquante centimètres du seau ? Un gaspard aussi gros qu'un lapin qui me regardait tranquillement. Je n'en avais jamais vu un de cette taille. Oh ! toi, je me dis, tu es trop curieux : je ne vais pas te manquer. Qu'est-ce que vous auriez fait, à ma place ? J'avais ma brosse à la main, une grosse brosse qui pesait bien un kilo. Je me détends et vlan ! j'en applique un grand coup au rat. J'avais mis la mesure, je vous prie de le croire ! Eh bien ! il a gueulé un peu, il a roulé sur lui-même et puis il a filé, le poil du dos plein de coaltar. Je le rencontre, de temps en temps, et je le reconnais à cause de sa tache. Je l'ai surnommé Gaston. Mais il me connaît, lui aussi, et il prend ses précautions maintenant, l'animal !

— Eh bien ! nous l'avons repéré, nous aussi,

maintenant, dit Paulet. Il ne nous échappera pas longtemps...

Un bruit de barbotement monta, à ce moment-là, de l'eau noire. Joste et ses deux compagnons se penchèrent dans l'odeur fétide :

— C'est peut-être encore lui, dit l'égoutier. Oh ! tenez, je l'aperçois ! s'écria-t-il. Il nage au milieu du courant...

C'était bien la taille de Gaston, si l'on s'en rapportait à la grosseur de la tête qui dressait, juste au ras de l'ourlet du courant, deux yeux exorbités mais sans prunelles.

— Si vous aviez votre lampe, on distinguerait peut-être la tache sur son dos, dit Joste.

Aucun de ses deux compagnons ne répondit. Ils restaient là, courbés au-dessus de l'eau et suivaient ardemment du regard la nage laborieuse et régulière du rat.

— Hé, Gaston ! appela à mi-voix Paulet.

Mais Gaston nageait toujours dans son triangle d'eau, entrait déjà dans la zone sombre, dans les froids courants de la nuit.

— Et voici notre Gaston disparu, une fois de plus, conclut Joste.

Cependant, les trois hommes ne se redressaient pas encore, tendaient l'oreille vers le clapotement qui faiblissait et ce fut ainsi que l'obsession commença.

Au vrai, ce ne fut qu'au deuxième jour de l'offensive qu'on se prit à parler un peu trop souvent de Gaston. On était redescendu dans les égouts afin de lever les pièges et de renouveler le poison. Joste et Paulet coururent aussitôt vers le Pullinger, entr'ouvrirent avec précaution la trappe : le piège ne contenait que deux rats de taille moyenne qui se mordaient de temps en temps et griffaient furieusement le métal des parois. Alentour, les engins meurtriers avaient fait, çà et là, des victimes non complètement tuées, tuées, en tout cas, d'une façon assez maladroite, avec, sous la herse mal ajustée de l'appareil, une seule patte percée sept ou huit fois, ou, encore, juste un museau broyé, un arrière-train effacé dans une bouillie rouge : du mauvais travail de pressoir.

— Vingt-sept ! cria l'égoutier lorsqu'il fut arrivé au bout de la rangée des pièges, et il commença de jeter les cadavres et les blessés dans l'eau.

Il avait dit « vingt-sept » et n'avait rien ajouté. Joste n'avait aucune peine à interpréter ce laconisme inhabituel. Il y lisait clairement le dépit que Gaston ne fût pas du nombre des prises ou des morts. Cependant, tout le monde s'était remis au travail sans parler, dans le faux petit matin des égouts ou ruisselaient interminablement ces eaux sans éclat et tiédies que les urbanismes appellent les « eaux usées », l'eau pure étant comme une lame. Il fallait maintenant déplacer les pièges, les tendre dans un endroit un peu plus fréquenté par les rats. Auparavant, on attacha chaque piège-cage contenant des prises au bout d'une corde et on l'immergea afin de noyer les bêtes. Puis, quittant le grand collecteur, on s'enfonça dans les ténèbres des canaux plus étroits.

Joste marchait en serre-file. Il savait qu'en cheminant le long des murs suintants, ses compagnons pensaient à Gaston. C'est que, dans la lutte inégale qu'ils venaient d'engager, il était naturel de doter d'une personnalité précise, d'un nom qui ne fût pas le nom générique, la masse fuyante dont la destruction devait être, ici, consommée. Ce n'était, après tout, que le besoin de combattre à visage découvert. Paulet avait dit, un jour : « Ce qui me déplaît surtout, chez les rats, c'est leur anonymat. » Sans doute l'élection était-elle arbitraire qui faisait de Gaston l'esprit de l'espèce ratière, mais tout ne procède-t-il pas toujours ainsi ? N'est-ce pas toujours la créature la moins apparemment vouée qui véhicule, à son insu, la possibilité de l'exorcisme ?

Les pièges de nouveau tendus, la troupe avait atteint une espèce de gué qui permettait de rejoindre l'entrée d'une galerie plus large où serait semé un reste de poison. Les pieds déjà dans l'eau, les deux égoutiers allumèrent leurs lampes afin d'éclairer le passage qui pouvait s'avérer dangereux. La lueur de l'acétylène dansa sur les parois luisantes. Sur le plan incliné qui, de l'autre côté du canal, amorçait le gué, des rats s'agitèrent et s'enfuirent. Une bête plus grosse jaillit, soudain, de l'eau derrière eux.

— Monsieur Joste, regardez ! cria l'égoutier en levant sa lampe aussi haut qu'il le pouvait. C'est lui, Gaston ! Vous voyez sa tache ?

C'était bien Gaston. Il courait plus lentement que les autres rats et, déjà, il n'était pas besoin d'apercevoir son dos marqué de noir pour qu'on le reconnût : son trottinement, sa taille, la forme de son corps le distinguaient, sans doute, mais il y avait surtout, plus saillant que la tache, sur toute sa personne, le sceau de la familiarité, la marque secrète de notre troupeau intérieur, le signe des bêtes comptées qui se couchent dans nos rêves et rentrent, chaque fois, si sûrement dans leur empreinte.

— Oh ! mais je crois que Gaston fait une faute ! s'écria joyeusement l'homme à la lanterne, en voyant le rat disparaître dans une des galeries. Si je ne me trompe pas, c'est dans le déversoir de la fabrique qu'il vient de s'engager, et il n'y a pas d'issue. Tu es cuit, mon mignon ! Adrien, passe-moi vite ton levier !

Son compagnon lui tendit la barre de fer qui servait à ouvrir les vannes. Sa lampe au poing, l'égoutier redescendit dans l'eau dont le niveau atteignait ses genoux et s'enfonça, en se courbant, dans l'obscur chenal. La nuit, l'eau et le bruit de l'eau remuée se refermèrent derrière lui.

— La difficulté, dit quelqu'un d'une voix précise qui résonnait étrangement et trouvait, sous la voûte, un accent prophétique, la difficulté, c'est de frapper assez fort un rat qui nage devant vous. Sous lui, l'eau amortit le choc et puis, en somme, elle n'est pas tellement large la partie qui reste au-dessus de l'eau. Quoi ! le museau et c'est tout. Une fois, j'ai essayé d'avoir comme ça un serpent d'eau. C'était l'été...

Paulet s'était rapproché de Joste en tâtonnant. En haut, le soir devait tomber et, l'égoutier ayant, par économie, éteint sa lampe, on ne distinguait plus un homme à trois mètres :

— Monsieur Joste, faudra-t-il faire un rapport exposant les premiers résultats de l'opération ? Je n'ai pas pensé à vous demander cela, tout à l'heure... Peut-être simplement sous la forme d'une statistique ?

— Je ne crois pas que cela soit nécessaire, répondit Joste à voix basse. Entre nous, vingt-sept, ce n'est pas un succès. En publiant ce chiffre, nous courrions le risque d'être déshonorés...

— Déshonorés ? murmura Paulet. Déshonorés ? Mais, monsieur Joste, je ne comprends pas comment nous pourrions être déshonorés à propos des rats. Je ne manque pas de conscience professionnelle, mais, vraiment, je ne peux pas concevoir d'être déshonoré à propos des rats ! Je crois que je ne l'accepterais pas ! ajouta-t-il en baissant encore la voix. Il ne s'agit pas d'une rivalité. Nous sommes, de toute façon, bien au-dessus d'eux. Pourquoi parler de compétition ? De toute façon, ils ne sont rien.

— Je veux bien, dit Joste, mais qu'est-ce que vous faites de Gaston, par exemple ? Ne sommes-nous pas là, en ce moment, les pieds dans l'eau, moi chef de service, vous sous-chef de bureau, transis, crottés et en train d'essayer de capturer un malheureux rat ? Votre raisonnement est acceptable en soi, mais Gaston c'est déjà le premier grain de sable dans la machine administrative et, croyez-moi, ce n'est pas fini !

Paulet n'eut pas le loisir de répondre.

— L'eau monte, déclara tranquillement quelqu'un.

L'égoutier (sans doute, était-ce lui qui avait parlé) ralluma sa lampe :

— Ça s'est brusquement obscurci, tout à l'heure. C'est peut-être qu'il pleut. Ou, alors, c'est le flux. C'est comme ça presque chaque soir, mais un peu plus tard, d'habitude : tout d'un coup, l'eau monte. C'est comme si, là-haut, on lâchait toutes les eaux de la journée à la fois. Je n'ai jamais bien compris. C'est peut-être comme la mer, tout simplement... Mais qu'est-ce que Gravaud fabrique ?

Il descendit, à son tour, dans l'eau et Joste vit que le niveau avait monté : il atteignait les cuisses de l'homme.

— Gravaud ! cria l'égoutier en s'engageant de quelques mètres dans l'étroite galerie. Ho, Gravaud !

L'écho mourut : pas de réponse.

— Tenez, l'eau monte toujours. J'avais fait une marque, il y a deux minutes, et déjà on ne la voit plus, dit quelqu'un comme l'égoutier revenait avec sa lampe.

Joste commença d'éprouver une sorte d'affolement. Il était le chef de l'expédition et, la situation menaçant de devenir critique, c'était sans doute de lui qu'on attendait des décisions. « Gravaud ! » continuait de crier l'égoutier, toutes les trente secondes, en modulant longuement, comme le font les montagnards dont on entend, dans le soir, chanter l'angoisse au fond du ciel.

— S'il n'est pas de retour dans sept ou huit minutes, il sera noyé, déclara avec cette grandiloquente tranquillité qui devait beaucoup à l'acoustique des égouts, l'homme qui faisait des marques. Quant à nous, si nous voulons repasser le gué...

— Ne vous inquiétez pas, nous allons traverser tout de suite, répondit l'égoutier. Pour ce qui est de Gravaud, il en sera quitte pour se réfugier sur l'échelle de fer du puisard de la fabrique, en attendant que ça baisse, ou de sortir par les machines. Il ne risque rien, filons !

La petite troupe s'engagea, de nouveau, sur le quai étroit que commençait de recouvrir l'eau. Joste ne cessait de se faire répéter par l'égoutier de quelle façon Gravaud pouvait échapper à la crue et il trébuchait dans les flaques les plus profondes. Les rats avaient disparu, sauf quelques retardataires qui, moitié nageant, moitié courant, se hâtaient vers les anfractuosités des murs. Dans le grand collecteur, où l'eau n'avait pas encore atteint la berge, à l'endroit où, la veille, étaient tendus les pièges, un gros rat solitaire attendait et s'enfuit lorsque les hommes approchèrent. On ne put retenir une exclamation : ce rat, c'était Gaston.

La disparition de l'égoutier Gravaud inquiétait fortement Joste et, aussitôt remonté à l'air libre, il décida de se rendre à la fabrique pour savoir si son employé était bien sorti du puisard. On ne l'avait pas vu, mais, par acquis de conscience, on conduisit Joste sous les machines qui avaient leur déversement dans l'égout. Joste se pencha au-dessus du trou au fond duquel dormait un astre sombre parcouru par des aranéides, portion d'une rivière souterraine que ne ridait aucun courant et qui distillait interminablement, sur les bords, le legs visqueux et rectiligne de l'étiage. Tout cela s'enfonçait, des deux côtés, dans les galeries, sans le moindre clapotis, et prolongeait, dans mille directions, sous la ville entière, l'image de la plus parfaite stagnation, l'été nocturne mais radieux des rats. Pas de Gravaud.

Joste commença d'éprouver une profonde angoisse et, comme toujours, dans ces cas-là, il s'empressa de regagner son bureau. Au vrai, son angoisse était triple et écartait, dans ses tempes, un trident de feu : Gravaud disparu, Gaston devenu une puissance redoutable capable de décréter votre mort, et, enfin, tragiquement accentué, l'échec de la tâche qui vous avait été confiée ! N'était-ce pas là de quoi vous désespérer ? Joste rédigeait mentalement sa lettre de démission lorsqu'en poussant la porte de son bureau, il aperçut Gravaud qui parlait avec Paulet :

— Ah ! vous, vous pourrez vous vanter de m'avoir donné des sueurs froides ! s'écria Joste.

— Oh ! il ne fallait pas vous faire de soucis pour moi, monsieur Joste ! répondit en riant l'égoutier. Je connais bien mon secteur, allez !

Joste enleva son chapeau et le secoua sur le plancher : il s'aperçut alors seulement que, dehors, il pleuvait. Brusquement, il détestait cet homme...

— Pour dire vrai, continua l'égoutier en dressant son index devant son nez, bien que connaissant le secteur, je me suis trompé. Vous savez, quand je me suis engagé dans le boyau, je croyais que c'était le déversoir de la fabrique. Eh bien ! non ! C'était une dérivation du petit collecteur des Minimes. Et ça, c'est un peu raide ! Mais qu'est-ce que vous vouliez que je fasse ? Je me suis avancé et, là-dessus, l'eau monte. Pas question de rebrousser chemin : le canal d'accès est trop étroit, alors, va de l'avant, je me suis retrouvé aux Minimes. Tout ça, notez bien, monsieur Joste, à cause de votre Gaston !

— D'abord, ce n'est pas « mon » Gaston, dit Joste qui perdait patience, et puis cette plaisanterie a assez duré. Vous vous en êtes sorti et ainsi tout est bien. Je vous remercie...

Il s'était débarrassé de son manteau et avait regagné sa table de travail.

— Monsieur Joste, reprit l'homme d'une voix plus humble, je ne veux pas vous embêter, mais il y a, quand même, une chose qu'il faut que je vous dise : je crois bien qu'ils sont deux.

Joste, qui avait feint de s'absorber dans l'étude des papiers épars sur la table, releva la tête :

— De qui parlez-vous ? demanda-t-il en s'appliquant à la froideur.

— Mais de Gaston, bien sûr ! s'écria l'égoutier en faisant un pas vers lui. Il titubait légèrement. Derrière lui, Paulet adressa un signe à Joste : « ivre ». Je l'ai suivi avec votre assentiment, vous vous en souvenez. Il filait tout droit, à une allure bien régulière et, à un moment, j'ai presque pu le toucher. L'assommer, il n'en était pas question : on avançait, l'un derrière l'autre, péniblement, comme s'il y avait eu des herbes, et c'était tout. Oui, c'était tout ce qu'il était possible de faire. S'arrêter? Lever le bras? Essayer de cogner? Non pas question. On avançait, l'un derrière l'autre, presque à se toucher et c'était tout. J'avais l'impression que ça aurait pu durer très longtemps, très longtemps, mais, à un endroit où s'amorce un autre boyau, il y a eu un remous, un remous...

— Alors, après ce remous ? Finissez-en ! s'écria Joste.

— Après ce remous, monsieur Joste ? reprit l'homme. Eh bien ! ils étaient deux. Oui, parfaitement : deux Gaston, aussi gros l'un que l'autre, tous les deux avec leur tache, et ils nageaient, côte à côte, et moi derrière : un vraie petite famille qu'on formait. Et ça a continué encore longtemps, jusqu'au moment (on était en plein dans les Minimes)...

— Où vous avez rencontré un troisième Gaston, n'est-ce pas ? trancha Joste avec colère en priant, du geste, Paulet de faire sortir l'égoutier de la pièce.

— Vous ne croyez pas si bien dire ! s'écria l'égoutier qui avait vu le geste de Joste et faisait un écart. Il y a un troisième et je dirais « un troisième Gaston », si j'avais pu voir sa tache, mais il faisait trop noir. Mais sa taille m'a assez renseigné et puis cette tranquillité, ce toupet... Faites-en ce que vous voudrez ! Je me suis mouillé jusqu'à la poitrine pour les suivre encore un peu. J'ai fait mon devoir. Maintenant, si ça ne vous intéresse pas...

— Ça ne m'intéresse pas beaucoup, en effet, dit Joste. Je vous remercie cependant, Gravaud. Vous pouvez rentrer chez vous.

L'égoutier secoua la tête avec dépit, haussa les épaules et sortit de la pièce. Paulet referma la porte :

— Il y a un nouveau rapport de la municipalité, dit-il avec douceur, soucieux, apparemment, de ne pas revenir sur le sujet douloureux qu'on venait de traiter. Je l'ai posé sur votre table. Oui, là, à droite. Vous allez voir le ton...

Il fit mine de regagner sa table de travail, puis se retourna, n'y tenant plus :

— Entre nous, monsieur Joste (vous jugerez peut-être ma question indiscrète), entre ces messieurs de la ville et vous, existe-t-il des motifs de dissension ? Je ne sais pas, une rivalité politique, peut-être ?

— Qu'est-ce qui peut vous faire croire cela, Paulet ? demanda Joste, le front plissé, en interrompant la lecture du rapport. Le ton de cette note est un peu sec, j'en conviens, mais cela est affaire de style. Ceci mis à part, je n'ai nullement l'impression que nous sommes l'objet d'une persécution. Tout au plus pourrait-on se rappeler que les élections municipales approchent. Il n'est pas bon, évidemment, qu'un quartier d'électeurs soit envahi par les rats, en ce moment. Car, notez bien qu'il ne viendrait à l'esprit de personne que ces damnées bestioles font partie d'un lot strictement personnel, au même titre que l'habitat défectueux ou, encore, que la vermine qui peut se coller à votre peau. Non, notre civilisation n'assume pas les rats. Que voulez-vous ? Elle pense avoir dépassé ce stade. A-t-elle raison ? A-t-elle tort ? Je n'en sais rien : je ne suis ni historien, ni sociologue. Ce que je sais, c'est qu'ils sont persuadés que le gouvernement doit répondre des rats, de tous les rats sans exception...

— De tous les rats..., répondit en écho, Paulet, en hochant la tête.

Joste lut dans sa pensée :

— Oui, même de Gaston, reprit-il sèchement. A ce propos, je tiens à vous signaler que je parle de lui pour la dernière fois. Nous sommes tous un peu énervés et il est normal que nous versions dans les superstitions de ce genre. Mais il est de notre devoir de réagir. Vous avez vu, il y a un instant, quand l'égoutier Gravaud était dans cette pièce, quels délires elles peuvent provoquer ! Je sais, je sais, il avait bu pour se remettre de son bain, passons là-dessus, l'ivresse parle toujours un langage qui ne nous est pas si étranger, c'est cela que je retiens et c'est pour cela que je déclare : je ne veux plus entendre prononcer, ici, ce nom ridicule de Gaston !

« Cette consigne ne s'applique pas aussi strictement à vous, pas plus qu'à moi, il va de soi. Nous avons, Dieu merci ! la tête encore assez solide pour nous permettre, de temps en temps, et hors du bureau, une plaisanterie, une abréviation. Après tout, pour nous, ce nom de Gaston — et je dois reconnaître que, de la part de l'égoutier, le premier jour, c'était une trouvaille — ce prénom cocasse n'a jamais été qu'un mot de code, une façon de désigner plus rapidement la chose qui nous préoccupe. En nous en tenant là, nous pourrions très bien continuer de l'employer, mais, je le répète, soyons prudents ! Je ne veux, à aucun prix, à aucun prix, vous m'entendez, que le personnel sombre dans une religion fausse !

— Vous m'excuserez de vous contredire sur un point, monsieur Joste, et, d'ailleurs, je suis d'accord avec vous pour souhaiter que ces appellations familières soient interdites dans le service, dit Paulet, mais je crois qu'il ne s'agit pas d'une religion, non, vraiment, je ne pense pas qu'ils imaginent autre chose que la réalité... Vous savez, ce sont des gens très simples. Je ne les défends pas systématiquement, mais...

— Alors, dites tout de suite que l'égoutier Gravaud ne relatait que ce qu'il avait vu ! s'écria Joste. Ma parole, seriez-vous gagné, vous aussi, par le mal ?

— Mais non, monsieur Joste, je ne dis pas cela ! Et puis Gravaud était saoul, répondit Paulet en nouant ses mains et en les regardant fixement. Je crois seulement que tout n'est pas aussi simple, aussi tranché que vous le dites, voilà... Il releva la tête. Enfin, il y a le rapport...

— Oui, voyons plutôt ce rapport, dit Joste, cela vaudra mieux que de perdre notre temps dans des discussions de ce genre... Ah ! c'est encore de la rue d'Ortignies qu'il s'agit ! Vous connaissez ce quartier ?

— Assez bien, répondit Paulet. J'ai habité là, quelque temps, après mon mariage.

— Des maisons ouvrières, des écoles communales, l'usine à gaz, au milieu des terrains vagues, lorsqu'on sort de la ville dans la direction de Viermont, c'est bien ça ? Je l'ai traversé deux ou trois fois en voiture... Des rigoles un peu partout, dans lesquelles stagnent des eaux d'évier, des rues qui ne sont que de simples chemins de mâchefer, des espèces de jardins entourés de palissades faites de vieilles traverses de voies ferrées, de la marmaille sale et, derrière les façades noires, dans les terrains, des décharges publiques...

— Vous observez très bien, monsieur Joste, dit Paulet avec une espèce d'amertume qui échappa à Joste.

— Je n'observe pas, reprit Joste en s'exaltant, je récapitule. Vous pensez bien que je n'ai pas pu noter au passage tout ce que je viens d'énumérer. Cela constitue simplement la liste (très sommairement dressée, au demeurant) des conditions idéales, si l'on peut dire, ou, si vous préférez, des caractéristiques de l'endroit à rats. Tenez, les écoles communales « de filles et maternelles », comme ils disent, elles doivent avoir des cantines et, partant, des détritus de premier choix : trognons de choux, quignons de pain, que sais-je ?

— Des quignons de pain ? Ah ! non, monsieur Joste ! s'écria Paulet.

Joste, surpris, releva la tête. Un peu rouge, regrettant la violence de son exclamation, l'employé détournait maintenant son regard.

— Qu'est-ce qui vous fait dire cela, Paulet ? demanda Joste.

— On est trop pauvre, là-bas, pour jeter du pain, murmura Paulet. Vous ne pouvez savoir ce que c'est. Pour ce qui concèrne la propreté, l'hygiène, je ne dis pas. Mais cela ne suffit pas. A mon avis, voyez-vous, il n'y a pas, par définition, d'endroits à rats. Il y a la fatalité et, là-bas, dans le quartier, on est toujours les premiers à recevoir les fatalités. Quand on n'est pas les seuls... Croyez-moi, je sais de quoi je parle, monsieur Joste !

— Mais je ne demande qu'à vous croire, Paulet, dit, le plus calmement qu'il put, Joste dont la susceptibilité venait d'être mise à l'épreuve par la « sortie » de son subordonné. Vous reconnaîtrez, toutefois, qu'il m'est difficile de prendre en considération vos arguments au point de les utiliser dans ma réponse aux signataires de cette note. Ces messieurs de l'Hôtel de Ville ne croient pas à la fatalité. Après tout, cette réponse peut attendre. Je veux, d'ailleurs, que ce soit un bulletin de victoire qui en tienne lieu. Tenez, demain matin, nous irons ensemble, tous les deux seuls, rue d'Ortignies regarder un peu votre fameuse fatalité en face.

Ils n'eurent pas à la chercher longtemps. Dès qu'on atteignait le quartier d'Ortignies, elle était là, un peu partout, appuyée contre un mur dont la couleur grise se confondait avec celle de ses haillons, tantôt, veuve au visage plâtreux qui regardait fixement vers les usines, tantôt, mère démente qui sentait remonter à sa gorge le croup de ses enfants et ne répondait plus que par un gémissement rauque, tantôt, fille affamée, les cheveux sur le front, plantée là dans l'attente insolente et patiente des coups... Qu'elle fît un seul geste, un seul pas, qu'elle soupirât seulement et les rats seraient là, on le sentait, comme des bêtes de basse-cour quand on agite un van. Surgis du sol, surgis des murs déjà fondus dans une couleur propice, une matière proche du foisonnement où n'auraient qu'à éclater des petites bulles de métamorphose, la moisissure rose d'une patte, l'éclat de charbon écrasé de l'œil, pour que tant de laideur inemployée se vêtit, çà et là, dans une finalité presque apaisante, de la franche toison du rat.

— Les écoles, conduisez-moi, tout de suite, aux écoles, dit Joste à son subordonné.

Pourquoi avait-on laissé s'instaurer un tel état de choses ? Pourquoi, depuis des siècles, sans doute, avait-on laissé gagner, dans ces quartiers, la sournoise et froide fermentation dont les produits commençaient maintenant de se répandre un peu partout dans la ville ? pensait Joste.

Les hommes et les femmes qu'il croisait il ne les aurait pas reconnus comme étant de la ville, s'il ne les avait vus s'interpeller, pousser machinalement une porte ou s'attarder à bavarder sur le seuil. Les pommettes remontées, l'œil mauvais, les cheveux trop longs c'était l'armée mongoloïde de la misère campant dans la steppe des rats. Les rats couraient pour eux, tenus dans une domesticité haineuse, s'avançaient vers les autres quartiers ; mais que pouvaient ces misérables brûlots de vermine, ces messagers que la goinfrerie détournait sans cesse de leur tâche et qui ne faisaient jamais, au fond du vacarme triomphant de la ville, que le bruit d'un sou qu'on lime, toujours le même sou, celui qu'on retrouve limé dans le pain, dans le bois, dans la pierre : la valeur intrinsèque du rat ?

« Eh bien ! ils pouvaient quand même beaucoup ! » pensait maintenant Joste. Ils commençaient déjà à distribuer dangereusement, dans la ville, leur monnaie creuse et le jour n'était pas si lointain où, de la même façon que l'apparition de nouvelles devises monétaires peut détruire toute une économie, transformer la vie d'un pays, ils feraient de la ville un vaste marché de la morsure : le monde de la dent.

Joste et son compagnon étaient arrivés à l'école. L'instituteur vint vers eux. C'était un homme âgé et craintif, myope de surcroît, comme en témoignait l'épaisseur de ses verres. Ils lui expliquèrent le but de leur visite. Derrière les fenêtres, des petites filles en sarrau noir, assises les unes contre les autres, remuaient les lèvres.

— C'est plutôt le soir, en général, dit l'instituteur en essuyant machinalement ses lunettes et en regardant le sol devant lui. Oui, plutôt le soir qu'ils apparaissent en nombre. Pourquoi le soir ? Eh bien ! j'ai pensé, j'ai conclu qu'ils redoutaient physiquement la lumière du jour. Vous savez que le rat est sujet au cancer solaire...

— Mais il n'y a pas eu de soleil depuis trois mois, dit Joste en haussant les épaules.

— Il est vrai, il est vrai, reconnut humblement l'instituteur. Alors, c'est autre chose... Tenez, peut-être l'absence de bruit, tout simplement... Savez-vous qu'ils sont un peu plus nombreux, chaque soir ? ajouta-t-il en baissant la voix et en se penchant vers ses interlocuteurs comme s'il s'était agi d'un secret. Je ne les compte plus, bien sûr, mais je vois ça à leur « omniprésence »...

— D'où sortent-ils ? demanda Paulet en extrayant un calepin de sa poche, afin de prendre des notes.

— Mais de partout, maintenant, répondit l'instituteur, de la terre, des murs, des caniveaux, de la maison, est-ce que je sais ? Et, écoutez-moi bien, j'ai l'impression qu'ils ne repartent jamais vers l'endroit d'où ils sont venus le premier jour. Pendant la journée, ils se cachent, mais ici, à notre niveau. Tous ceux qui viennent du fond, ce sont des nouveaux, des émigrants, en quelque sorte. C'est pourquoi ils sont de plus en plus nombreux. Vous voulez que je vous dise ? C'est un peu comme s'ils étaient chassés des profondeurs.

— Et que faites-vous pour les combattre ? demanda Joste.

— D'abord, j'ai mon fox, Zéphyr. Si je vous disais qu'il en a déjà tué trente-deux. Et puis mon voisin, Julot, le cantonnier, vient quelquefois s'amuser dans la cour avec sa carabine. Il en a déjà descendu une bonne douzaine, mais, dame, les cartouches coûtent cher...

— Dites-lui que la mairie les lui remboursera, dit Joste. Procédons par ordre : voyons, quel aspect ont vos rats ? Quelle est leur taille ?

— Ma foi, ce n'est rien de plus que du gros rat ordinaire, gris foncé, expliqua l'instituteur, une espèce de vulcain...

— ... Ou de décumanus, peut-être, suggéra Paulet.

— Je ne connais pas cette race, avoua le vieil homme. Pour moi, c'est du vulcain.

— En avez-vous jamais aperçu un, plus gros,

qui portait, sur le dos, une tache noire ? demanda Joste.

Paulet regarda son chef avec surprise.

— Ah ! c'est sans doute de Gaston que vous voulez parler ! s'écria en riant l'instituteur. Eh bien, non, je ne l'ai jamais vu. D'ailleurs...

— Qui vous a parlé de Gaston ? s'écria Joste avec colère. Qui vous a instruit de cette fable ?

— Mais... je ne sais plus qui, répondit le vieux, décontenancé. On en parle, à droite, à gauche. Peut-être bien que c'est l'autre jour, quand je suis allé dans le centre, oui, peut-être bien chez Bonn, le cafetier... D'ailleurs, vous ne m'avez pas laissé finir ma phrase : je voulais dire que, moi, je n'y crois pas.

— Vous avez raison, reprit Joste plus calmement, mais le ton sur lequel vous dites : « Moi, je n'y crois pas » montre assez clairement que la légende fait son chemin et que chacun prend parti dans cette sotte histoire. Je sais que certains ont intérêt à me ridiculiser. Mais qu'on prenne garde ! Je ferai taire les rieurs. Demain, les murs de la ville se couvriront d'affiches et ceux qui les liront perdront vite leur sourire. Personne — et pas même vous, aussi bien placé que vous soyez — ne sait quels dangers nous menacent. On l'apprendra en lisant mes affiches. Dès lors, nous pourrons travailler utilement et obliger la population tout entière à nous seconder. J'aurai le dernier mot, croyez-moi !

— Pour le moment, que dois-je faire, moi ? demanda humblement l'instituteur. La vie devient intenable. Ils détruisent tout. Les petites ont peur...

— Je vous ferai apporter des pièges, dit sèchement Joste que les paroles du vieux avaient irrité. Le poison, ce serait imprudent avec ces enfants. D'ailleurs, je vais faire diffuser un schéma de piège et, dans chaque foyer, à la veillée, on aura le devoir d'en fabriquer d'après ce modèle. Il est possible aussi que je réquisitionne les fox-terriers de la ville. Qu'en pensez-vous, Paulet ?

— Vous avez d'excellentes idées, monsieur Joste, répondit Paulet en souriant. J'aime assez vous voir en colère. Ça redonne confiance...

— Vous avez donc tant besoin qu'on vous redonne confiance ? demanda Joste attendri.

Paulet n'eut pas le loisir de répondre. Des enfants sortaient en hurlant de la salle. L'instituteur se précipita vers une petite fille en larmes :

— Ce n'est rien, seulement un gros rat qui vient de sortir du plancher, paraît-il, dit-il en se retournant vers les deux hommes.

Joste s'approcha de la porte, le cœur battant. « Serait-ce lui ? » Mais non, ce n'était pas Gaston, cette fois. Seulement un vulcain effaré qui tremblait lamentablement dans la lumière.

Les rapports pleuvaient. Ils étaient maintenant adressés par les innombrables organismes privés : associations familiales, groupements religieux, sociétés de protection des trésors historiques de la ville, syndicats de locataires, qui groupaient les habitants des quartiers les plus bourgeois et révélaient soudain, par leur multiplicité jusqu'alors ignorée, de quels réseaux de vigilance s'entourait la fortune. Les signaux d'alarme fonctionnaient avec un ensemble parfait, avant même que le mal eût atteint les frontières du territoire patrimonial, ce qui ne manqua pas de créer, dans les bureaux de l'administration, une agitation prématurée. Le préfet, lui-même, convoqua Joste, un matin :

— Mon cher Joste, lui dit-il, je ne vous adresserai aucun reproche en ce qui concerne la marche de votre service. Vous faites tout ce que vous pouvez, je le sais, et votre conscience professionnelle ne saurait être mise en cause. On pourrait, au contraire, la qualifier d'excessive et j'ajoute que cette remarque bien peu de fonctionnaires risquent de se l'attirer aujourd'hui. C'est donc pour vous parler d'une façon tout amicale que je vous ai fait venir.

« Vous savez comme moi que cette histoire d'invasion de rats jette le trouble dans la ville. Situation absurde s'il en fut : nos petits ennuis de caniveaux ne justifient nullement ces campagnes de presse, ces cris d'alarme, cette panique. Non, n'ayez pas l'air de trouver ce terme exagéré : je connais des gens de bon sens qui se laissent déjà gagner par cette inquiétude collective... Donc, nous assistons aux manifestations d'une véritable psychose. Nous pourrions, bien sûr, rattacher cette crise à l'état d'esprit particulier que les événements internationaux entretiennent chez beaucoup de nos concitoyens : l'inquiétude devient facilement une habitude. Mais je laisse aux psychologues professionnels le soin de traiter ce chapitre. Moi, je suis un fonctionnaire, un représentant du Gouvernement. Il n'exige de moi qu'une vue claire et directe des événements, il me demande de porter remède. Aussi, je me bornerai, dans cette histoire, à découvrir le « pourquoi » immédiat des choses : mon cher Joste, vous avez été maladroit !

Joste resta impassible.

— Oui, maladroit, reprit le préfet en marchant vers la fenêtre. Qui, diable, vous obligeait à accompagner vos employés dans les égouts, chaque matin, lorsqu'ils allaient à la chasse aux rats ? Que cela vous ait amusé, une fois, je le comprends. Et puis, il est bon qu'un supérieur soit vu, sur les lieux. Mais pas tous les jours, pour l'amour du Ciel !

« Vous avez été ainsi mêlé à des incidents qui eussent été sans importance si vous n'aviez pas été présent. On me les a rapportés mais je n'ai pas été le seul à les connaître. Mon cher, toute la ville a su que vous aviez failli être noyé et que vous aviez, toute une soirée, couru à la recherche d'un de vos égoutiers disparu ! Allez empêcher, après cela, les habitants de penser que la situation devait être sérieuse pour que vous vous dépensiez ainsi ! Et puis, il y a aussi l'histoire de Gaston...

— Monsieur le préfet, je ne comprends pas comment une plaisanterie aussi sotte et, vous le reconnaîtrez, aussi innocente, peut être évoquée dans le cadre de cet entretien, dit Joste en s'agitant sur sa chaise.

— Mais, mon cher, encore une fois, vous ne le comprenez pas parce que vous n'êtes pas conscient du prestige qui est indissociable de votre qualité, de vos fonctions ! s'écria le préfet en s'approchant de Joste. On vous chansonne, mon cher, on vous chansonne ! Demain, vous entendrez peut-être, sous vos fenêtres, monter la complainte de Gaston. Je n'en serais pas autrement étonné ! Ce sera une complainte lugubre, comme il se doit, car les gens ont peur...

— Peur de qui ? demanda Joste.

— Mais peur de Gaston ! répondit le préfet avec impatience. Avouez que vous ne pensiez pas que cela irait aussi loin lorsque vous avez, par jeu, imaginé ce nom cocasse !

— Mais ce n'est pas moi qui l'ai inventé ! s'écria Joste. Ce sont mes employés. Je n'y suis pour rien !

— Comme vous voudrez, dit le préfet en haussant les épaules. De toute façon, il ne s'agit pas là d'un procès, je vous le répète. Je ne vous ai pas convoqué afin de vous chercher querelle. J'ai simplement voulu mettre le doigt sur les causes véritables d'un état de choses qui commence à m'irriter sérieusement. Nous ne nous attarderons pas davantage là-dessus et nous chercherons tout de suite le remède. Il s'agit d'un remède d'ordre psychologique : l'autre, c'est une simple affaire de service. J'ai fait écrire au laboratoire national d'hygiène publique et il nous fera parvenir je ne sais quel poison foudroyant récemment découvert. Ceci dit, j'ai pensé qu'il fallait sans délai s'attaquer au symbole : après-demain matin, Gaston sera mort !

— Je ne demanderais pas mieux, dit Joste, mais jusqu'ici nous ne sommes pas parvenus à le tuer et il faudrait une chance exceptionnelle...

— Voulez-vous avoir la bonté de me laisser finir d'exposer mon plan ? demanda le préfet avec un sourire glacial. Après-demain, Gaston sera mort. Mort. de toute façon, comprenez-le bien. Vous en ferez courir la nouvelle en ne mettant dans le secret que deux ou trois de vos employés, les plus sûrs. Au besoin, vous ferez peindre en noir le dos d'un quelconque rat mort afin que les bavards puissent en faire la description.

En même temps, nous communiquerons à la presse un bilan rassurant. Vous verrez cela vous-même... On pourrait parler, par exemple, de six ou sept cents rats exterminés. Ce sera l'occasion de signaler les effets foudroyants du nouveau produit dont je vous parlais tout à l'heure, l'anaphtylthiourée, c'est le nom, je vous l'écrirai... Naturellement, nous dirons qu'il nous est déjà parvenu en quantités importantes. Nous ajouterons enfin que la campagne de dératisation est pratiquement terminée et que les services urbains se contentent de poursuivre un travail de nettoyage, au sens stratégique du terme, travail rendu aisé par la puissance des nouveaux moyens dont ils disposent. Huit jours plus tard, la presse publiera les félicitations que je vous adresserai. Et tout rentrera dans l'ordre !

Le préfet frappa sur son bureau du plat de la main. Il se leva et Joste l'imita : l'entretien était terminé.

— Mon cher Joste, j'ai été obligé d'être un peu brutal, tout à l'heure... Si ! Si ! dit le préfet en posant sa main sur l'épaule de son subordonné qui s'apprêtait à protester. Vous êtes jeune et c'est la première fois, sans doute, que vous êtes amené à vous apercevoir que nos problèmes, à nous fonctionnaires supérieurs, sont toujours des problèmes de gouvernement. Retenez bien ceci : vos fonctions sont extrêmement importantes, toutes banales qu'elles paraissent. Elles sont extrêmement importantes car le monde est « aussi » à l'échelle des rats.

Il raccompagna Joste dans l'antichambre :

— C'est bien entendu, n'est-ce pas ? Après-demain, Gaston sera mort.

Il posa, une fois encore, sa main sur l'épaule de Joste :

— J'ajoute que je serais très heureux si, ce jour-là, Gaston pouvait être vraiment mort, murmura-t-il sur le ton d'un aveu.

Pourquoi avait-il dit cela ? Quel démon lui avait soufflé ces mots ? Il les avait prononcés avec une tranquillité criminelle comme s'il avait tenu, au moment même où Joste s'éloignait, à tout remettre en question et à laisser entendre que leur entretien pouvait n'avoir été qu'une comédie, un rite administratif survivant mécaniquement à d'anciennes croyances. Ses paroles étaient celles-là mêmes qui expriment la conviction que rien ne changera plus jamais, plus jamais, mais qui s'ordonnent cependant dans la formule d'un souhait vieilli, depuis longtemps déshabité par la foi et devenu une dernière défense verbale contre le désespoir. Ainsi, il savait que Gaston ne mourrait jamais. On allait le tuer en effigie. C'était le début d'un culte.

Mais avait-on seulement attendu cela dans la ville pour y promener Gaston, le renom de Gaston comme une haute tarasque qui faisait, çà et là, monter des cris d'angoisse à travers une rumeur de joie suspecte ? Pendant les jours qui précédèrent la fausse exécution de Gaston, l'agitation fut portée à son comble par une série d'événements qui s'étageaient, simultanément, de l'insignifiant à l'historique et qu'on aurait pu s'amuser à dénombrer comme les étoiles d'une vaste constellation si plusieurs conditions assurant l'aisance de la vie et le jeu de la conscience : le soir de juin, le sommeil qui tarde à venir, l'odeur de l'herbe, la sortie sur le parc, ne s'étaient sottement dérobées.

D'abord les rats montaient. Ils montaient comme s'ils avaient été chassés de leurs demeures. Ils montaient, pris dans un mouvement collectif qu'il n'était plus possible d'interpréter comme la rencontre fortuite de plusieurs incursions individuelles mais dont l'ampleur évoquait, au contraire, la crue des nappes souterraines, de tout ce qui peut sourdre soudain de notre sol mal damé. Le quartier d'Ortignies était maintenant submergé et les rats commençaient de s'écouler vers le centre de la ville où ils s'empressaient de gagner les caves, en envahisseurs taciturnes dont le seul but est l'occupation systématique et silencieuse des lieux. L'un d'eux se risquait parfois dans les hauteurs d'une maison, dans le coin des murs nus qui écartèlent un pubis d'ombre et restait là, en tête à tête avec l'oiseau des pièces vides qui expire et se dissout dans la triste chanterelle de la porte mal huilée qu'on pousse, ou bien, il se glissait derrière les meubles, dans ces étroites sacristies vides où brille seulement une bille perdue, puis il fonçait à travers la maison, vers la cave, tandis qu'une femme hurlait comme si le sol avait brûlé sous elle... Elle descendait, à son tour, frappait à la porte voisine : « Je vous jure que c'était Gaston ! » Colloque mille fois répété qui asseyait un peu plus le pouvoir du rat dans la ville, affermissait la pestilentielle légende et ouvrait, avec sa clef de feutre, les « autres temps ».

Car c'étaient d'autres temps qu'on commençait de vivre. Ils s'accompagnaient de menaces de guerre, ou de révolution — on ne savait plus très bien, peut-être des deux ensemble — et les habitants du quartier d'Ortignies leur prêtaient complaisamment leurs visages usés. Ils formèrent des délégations silencieuses et vinrent à la mairie, puis à la préfecture, déposer des motions réclamant la lutte contre les taudis, l'application de mesures d'hygiène, la baisse du coût de la vie, la paix, la protection de l'enfance, désirs anciens brusquement ravivés et derrière lesquels ronflait doucement une colère centenaire. Jamais ils n'avaient montré autant d'audace ! Leur pétition déposée, ils restaient longtemps à flâner dans les rues, avec l'effort de dignité visible, la grande économie de gestes de celui qui s'attend à être brutalement interpellé. Il ne manquait plus qu'eux ! Comme si l'on n'avait déjà pas assez de leurs rats ! On eût dit des bergers aveugles venus derrière le troupeau et surveillant nonchalamment par la pensée les bêtes lâchées dans les pacages noirs de la fidélité. Et, derrière vous, pendant que vous regardiez par la fenêtre... Mais non, je ne me retournerai pas. Il s'en ira comme il est venu. S'il approche trop, j'entendrai bien le bruit de ses pattes sur le plancher... Derrière vous...

Gaston le saura, Gaston vous surveille
Il épie vos pas, guette vos pensées
Il est toujours là, quand l'âme sommeille
Il est toujours là, tout yeux, tout oreilles :
Gaston croît en force et ubiquité.

... Joste découvrit ces mauvais vers affichés dans le couloir qui menait à son bureau. Il revenait de la préfecture et fut surpris de ne pas éprouver, en les lisant, plus d'irritation. Il arracha cependant la feuille et la froissa au fond de sa poche. Il poussa la porte de son bureau. Paulet était dans la pièce, occupé à flatter trois chiens de petite taille :

— Des ratiers de la meilleure race, dit-il en tournant la tête vers Joste. Je me les suis fait confier pour deux jours. J'irai les promener dans les égouts, cette après-midi... Celui-ci, le noir, s'appelle Totem... Vous avez vu le nouveau rapport ? C'est de la Santé publique, cette fois...

— Non, je ne l'ai pas vu, répondit Joste, et je ne veux pas le voir. De toute façon, après-demain, Gaston sera mort.

— Mort ? s'écria Paulet, oubliant ses chiens et se redressant. Comment le savez-vous, monsieur Joste, et comment nous y prendrons-nous ?

Joste s'était assis à sa table de travail et glissait,

sans les regarder, les récents rapports dans un tiroir.

— Vous n'avez aucune imagination, mon pauvre Paulet. Vraiment, vous ne pouvez imaginer que Gaston soit mort après-demain ? Au demeurant, cela importe peu : on l'a imaginé pour vous.

— Qui donc a imaginé cela ? demanda Paulet, alarmé. Vous vous moquez de moi, monsieur Joste !

— Non, ce n'est pas moi qui me moque de vous, reprit Joste. Il se sentait soudain allégé à la pensée que, désormais, il n'y avait rien, plus rien à faire... Pas moi, le préfet, peut-être, car, figurez-vous, je viens de le voir.

Il relata rapidement, avec désinvolture, l'entretien qu'il avait eu avec son supérieur, sans citer, toutefois, les surprenantes paroles sur lesquelles ils s'étaient séparés. Lorsqu'il se tut, Paulet semblait atterré :

— Mais nous serons déshonorés... murmura-t-il.

— Déshonorés ? s'exclama Joste avec une surprise feinte. Mais comment serions-nous déshonorés à propos de rats ? Il n'y a pas si longtemps que quelqu'un que je connais bien m'a répondu cela. Vous en souvenez-vous, Paulet ?

— Les temps ont changé, répondit sourdement Paulet. Et vous le savez mieux que moi, monsieur Joste. Maintenant, c'est comme un rêve absurde dont il semble qu'on ne s'éveillera jamais. Allons-nous trahir toute une ville ? Nous proclamerons que Gaston est mort et, le lendemain, Gaston viendra ronger la main de leur enfant !

— Holà ! méfiez-vous de vos images, Paulet ! s'écria Joste avec un sourire forcé. Ah ! que Dieu nous préserve de l'imagination des gens qui n'ont pas d'imagination ! Dites-moi, vos petits chiens ont l'air pleins de feu. Vous ne m'avez toujours pas dit comment ils s'appelaient...

C'en était trop, cependant, et il lui devenait impossible de soutenir ce ton. Il enfouit brusquement son visage dans ses mains. Comment Paulet avait-il dit ? Ah oui, « un rêve absurde dont il semble qu'on ne s'éveillera jamais ». Mais il n'y a pas que l'éveil. Tout rêve a deux sorties, comme une maison en plein champ. Ne serait-il pas bon de se retrouver, côté lande, en claquant, une bonne fois, la porte derrière soi ?

Paulet parle, les chiens se grattent. Paulet dit qu'il ira là-bas. Il a deux jours devant lui et, dût-il passer ses nuits sur place, avec ses trois ratiers, il en ramènera Gaston. Ça ne vaut pas la peine de pleurer, après tout. Mais Joste ne pleure pas. Il est dans cette maison isolée en plein champ, contre la porte de derrière qu'un vent morne fait battre et qu'il ne poussera qu'au dernier moment, quand, de l'autre côté, dans le soleil du matin, un homme arborant le sourire de l'homme attendu viendra frapper doucement au carreau en dissimulant derrière lui une louve...

Il y avait un dimanche avant l'exécution de Gaston ; oui, comme par hasard, il y avait un dimanche, cette espèce de vacance soudaine, ce jour blanc qui arrive au milieu du drame ou du deuil comme des gens qu'on n'aurait pas invités et qui restent là, guindés, à se balancer d'une hanche sur l'autre, en se repaissant stupidement de votre désespoir. Joste regagna son bureau après le déjeuner. A travers les fenêtres, il entendait des oiseaux crier. Sur la place, des hommes et des femmes mal vêtus, visiblement venus d'Ortignies, tournaient en rond, repartaient, indécis, en levant, une dernière fois, les yeux vers la façade du bâtiment. Joste laissait alors retomber le rideau qu'il avait soulevé. Il se cachait, rejoignait ainsi dans une solitude dévorante son ennemi velu auquel l'associaient les inlassables pensées de toute une ville.

Afin de tromper son angoisse, il reprit les livres dans lesquels il avait cru, jadis, découvrir les secrets de ceux qu'il combattait. Il était encore plongé dans sa lecture lorsque, vers le soir, il entendit, dans le couloir, le pas familier de Paulet. Son subordonné entra dans le bureau sans frapper. Il portait, sous le bras, une grande boîte de carton.

— Comment avez-vous su que j'étais là ? lui demanda Joste.

— Je ne l'ai pas su, répondit Paulet essoufflé, je ne l'ai pas su. Je suis monté, à tout hasard : il fallait absolument que je vous voie...

Il restait sur le seuil sans poser sa boîte de carton, dans un accoutrement étrange, botté, vêtu d'un blouson déchiré et coiffé d'un béret.

— Eh bien, vous vouliez me voir : vous me voyez ! s'écria Joste que l'immobilité et le mutisme de Paulet agaçaient. Pourquoi restez-vous planté là ? Refermez donc cette porte !

Paulet obéit et posa sa boîte de carton.

— Que trimballez-vous là-dedans ? lui demanda Joste avec une ironie méprisante qui ne lui était pas coutumière, « les pièces de votre tableau de chasse ? »

Paulet avait repris son souffle. Il s'approcha lentement du bureau de son supérieur :

— Monsieur Joste, dit-il, j'ai Gaston...

— Gaston ! s'écria Joste.

Mais, déjà, Paulet s'était baissé vers la boîte de carton. Il y plongea la main et, lorsqu'il la retira, ce fut... NON ! D'abord, il y avait le soir, le soir sur l'Arabie, le soir, soudain, sur le désert de Coman des abîmes duquel sortirent « cent ans plus tard », dit, à une époque indéterminée, l'Histoire, les surmulots d'Asie. Jamais, comme en cet instant, les rats n'avaient révélé la parenté qui les substituait brusquement, entre les lèvres sèches de la terre, aux salamandres, aux araignées, aux reptiles luisants et qui établissait, entre les espèces maudites, le courant d'un sang transparent et pervers. Au bout de sa queue interminable, annelée sans fin comme les chaînes de la damnation, soyeuse aussi, barbue de toutes les aigrettes caressantes du fouet, se balançait un rat énorme, d'une importance soudain « comestible », le dos marqué de noir. C'était Gaston, les yeux clos, s'offrant plus entier, plus fort, dans cette profonde méditation de soi-même à quoi ressemble la mort, non plus seulement présent mais soupesé au-dessus du fin mot, au-dessus de l'étal.

— Ho !... murmura Joste horrifié, je n'aurais jamais cru...

Mais Paulet se baissait, de nouveau, sur sa boîte.

— Que cherchez-vous ?

Il se releva.

— Non ! cria Joste. Non !

C'était un deuxième Gaston, aussi charnu que le premier, aussi méditatif, mais avec, maintenant, vrillé dans son corps, le ver d'une intention.

— Huit ! Il y en a exactement huit, dans cette boîte ! dit Paulet en jetant avec dégoût, sur le plancher, les deux cadavres de rats. Tous ceux que j'ai pu porter. Les chiens en ont tué quinze, seize, davantage peut-être... Si vous saviez ! Ils sont partout maintenant. Depuis hier, ç'a été une bataille incessante. Nous menions un vacarme d'enfer. En haut, les gens s'attroupaient autour des caniveaux.

Toute la nuit. Ils m'ont blessé deux chiens. Monsieur Joste, j'ai peur...

Joste ne répondit pas. Il soupira puis demeura silencieux pendant plusieurs minutes, les mains posées à plat sur son bureau, en regardant fixement son buvard griffonné.

— Paulet, allez à la fenêtre, je vous en prie, et dites-moi ce qui se passe sur la place, dit-il enfin d'une voix sourde, sans relever la tête. Non ! Ne donnez pas la lumière. Surtout, pas de lumière ! Ils sauront bien assez tôt que nous sommes là.

Paulet hésita puis, à regret, marcha vers la fenêtre, en souleva le rideau :

— La nuit tombe. Il y a des gens qui se promènent. C'est dimanche. Que voulez-vous que je vous dise de plus, monsieur Joste ?

— Quels sont ces gens qui se promènent ? demanda Joste en martelant les syllabes. Les connaissez-vous ? Est-ce que ce sont bien ceux que nous avons l'habitude de voir ? Ont-ils l'air de se promener vraiment ?

— Monsieur Joste, vous m'inquiétez ! s'écria Paulet en se retournant. Je ne vois pas où vous voulez en venir. Oui, sans doute, ils se promènent vraiment. (Il colla, de nouveau, son nez au carreau.) ... Du moins, ils donnent l'impression de se promener vraiment. Ah ! tenez, je ne sais plus ! Vous me posez des questions si étranges... Et puis, la nuit se fait et, déjà, je ne les distingue plus très bien. Il y en a un qui boite. Non, il ne boite plus... Deux autres, là-bas, avec des casquettes à visière de cuir. C'est vrai, je n'avais jamais remarqué que certaines personnes d'ici portaient ce genre de casquette. Ah ! aussi, dans le coin, à droite... Mais, après tout, quelle importance cela peut-il avoir ? Je ne peux connaître tous les habitants de cette ville ! Et, à force de regarder les gens on leur découvre des traits singuliers, une démarche suspecte...

Il haussa les épaules, excédé, et, faisant une volte-face, s'avança dans la pièce obscure.

— ... Des traits singuliers, une démarche suspecte, répéta Joste rêveusement. En un mot, ce ne sont plus des gens d'ici. Je ne vous le fais pas dire, Paulet ! Des gens d'Ortignies, sans doute, ou d'autres Ortignies dont nous ne soupçonnions pas l'existence mais qui nous dépêchent déjà leurs avant-gardes... Paulet, raisonnons calmement. Gaston, c'est bien une nouvelle race, une espèce inconnue, très redoutable ?

— Oui, dit Paulet en soupirant, et c'est bien cela qui m'effraie.

— ... Une espèce dont il n'a jamais été question dans les livres que nous avons lus ? continua Joste. Pas plus dans ceux qui traitaient des rats d'Europe que dans ceux qui traitaient des rats d'Asie, d'Afrique, d'Océanie ou d'Amérique ? Une espèce qu'aucun naturaliste n'a osé supposer, n'a osé prévoir ? Une espèce comme nous n'en avons jamais vue, même dans nos rêves, une espèce hors-Genèse, une espèce impensée ? Vous êtes bien d'accord ?

Paulet hocha la tête :

— Et cette espèce, reprit Joste, elle gagne sous la ville, elle s'y installe après avoir chassé celle qui y régnait jusqu'ici ? Nos rats de toujours fuient, se réfugient dans nos maisons, abandonnent la place à Gaston. Aucun livre n'avait prévu cela, n'est-ce pas, Paulet, aucun livre ?

— Non, murmura Paulet, aucun livre...

— Eh bien, si, cependant ! s'écria Joste avec une expression de sombre triomphe. Sur ce point précis, un très vieux livre nous a informés. Attendez ! Attendez ! Voici ce qu'il dit ce bon vieux livre où, par hasard, s'est logée, au milieu d'un fatras scientifique, notre éclatante et cruelle vérité : « ... Le rat, le rat dit l'invasion : telle horde, tel rat. A chaque occupation de la superficie correspond une occupation du sous-sol. Il y a eu le rat des Goths, le rat des Vandales, le rat des Huns, le rat normand, le rat anglais, le rat tartare, le rat moscovite. Et on pourrait compter les couches d'envahisseurs qui se sont succédé sur notre sol par le nombre de variétés de rats que ce sol a successivement nourries... »

— Les envahisseurs..., murmura Paulet. Mais, monsieur Joste, où sont aujourd'hui ces envahisseurs ?

Joste haussa les épaules :

— Croyez-vous qu'ils arriveront ou qu'ils sont arrivés en jouant du fifre et en agitant des bannières ? s'écria Joste avec une colère soudaine en s'arrachant de son siège. Croyez-vous qu'ils auront besoin de s'approcher de vous et de vous crier leur nom au visage ? Ne pourraient-ils pas s'insinuer parmi nous, un à un, en se frayant un chemin à travers les groupes et en jouant nonchalamment des hanches ? Est-il vraiment impossible que vous les trouviez, un soir, en rentrant chez vous, installés dans votre maison, comme un vieux créancier dont la patience s'est lassée et qui vous attend, ne se lève même pas à votre approche, ne se nomme pas et a l'air de dire tranquillement, comme un justicier résigné : « Vous voyez, il fallait bien, à la fin, que je vienne... » Sans que vous en soyez étonné ? Tout cela est-il vraiment impossible ? Je vous le demande !

— Je ne sais plus, murmura Paulet. Vous avez peut-être raison, après tout, monsieur Joste. Mais s'ils viennent ainsi, s'ils sont déjà venus, qu'allons-nous faire ?

Joste s'était approché de la fenêtre et souleva le rideau :

— Il n'y a plus qu'un mot qui gardera son sens, alors. Un mot qui donne envie de fermer les yeux et qui doit même bercer les morts, au fond de leur nuit, un mot qui résiste à toute usure, qui n'éclaire pas le visage des hommes, sans doute, qui nous identifie aux choses les plus simples, à la terre, un mot qui a nourri Gaston pendant des siècles et qui faisait que les plus profonds terriers, ceux que nous ne soupçonnions pas et ceux qui nous paraissaient inhabités étaient pleins des interminables préparatifs du silence, un mot qui est comme une vieille couverture râpée qu'on jette sur l'échine du temps, le seul mot qui arrive... Oui, Paulet, il n'y a plus, maintenant, qu'à « attendre »...

LE CHAT

Au vrai, toute l'histoire avait débuté par une scène assez irritante et fort peu dans le ton de ce qu'ils avaient connu jusqu'alors. Cela s'était passé vers la fin du mois de juin d'une de ces années difficiles qui suivirent la fin de la guerre, quelques semaines après le mariage de Rose et de Pierre Berthold.

Ils venaient de sous-louer une chambre meublée dans l'appartement que deux commerçants enrichis, les Pradier, avaient pu obtenir à prix d'or mais que, pour le moment, ils trouvaient trop vaste pour eux. Les Pradier, gens au demeurant fort simples et pleins de la désinvolture que donne la fortune rapidement acquise étaient trop absorbés dans leurs affaires pour respecter les formes dans les actes qui ne s'y rapportaient pas directement. Au lieu d'attendre d'être installés dans leur nouvel appartement pour y recevoir leurs futurs locataires et leur montrer la chambre qu'ils acceptaient de leur céder, ils les convièrent à prendre possession des lieux avant qu'ils fussent eux-mêmes prêts à les occuper. Cela fut décidé un soir à l'improviste, sur un coup de téléphone, les affaires ayant été, ce jour-là, terminées plus tôt ou plus fructueusement encore que de coutume.

Le nouvel appartement occupait un étage entier dans une grande et vieille maison du centre de la ville. Les Pradier avaient donné rendez-vous au couple devant le numéro 112 qui, la nuit se faisant et l'animation de ce quartier industrieux devenant nulle, n'allait guère tarder à se charger d'une signification cabalistique, comme chaque fois qu'on se donne la peine de penser que le destin est là, avec ses nombres d'or habilement disséminés dans la grisaille des bottins, des cadastres, des livrets matricules, du calendrier ou des vols migrateurs...

Le calme soudain du soir, le climat un peu oppressant des rues où la chaleur du jour demeurait prisonnière et surtout le retard des Pradier au rendez-vous augmentaient l'inquiétude de Pierre.

— Pourvu qu'ils viennent, pourvu qu'ils viennent ! répétait-il en nouant nerveusement ses mains.

Rose demeurait silencieuse. L'impatience de son mari était si peu à la mesure des faibles avantages qu'ils escomptaient, tous les deux, de leur déménagement qu'elle ne tentait même pas de s'interposer. Elle apprendrait toujours assez tôt ce qu'il espérait trouver au 112 et qu'il ne connaissait sans doute lui-même qu'obscurément.

L'inquiétude semblait d'ailleurs être l'état habituel de cet homme de trente ans un peu court de taille, toujours pensif et dénué de cette qualité subtile qu'il est convenu, de nos jours, d'appeler « la présence », mot troublant employé avec trop de légèreté toutefois pour que ceux auxquels il ne s'applique pas connaissent la fabuleuse compensation de priver réellement le monde sans avoir renoncé à la vie. Conséquence d'un aspect physique sans prestige, une sorte de « malaisance » lui interdisait, dans la vie quotidienne, les gestes qui auraient pu avoir quelque envergure. Aussi sa vitalité naturelle trouvant toujours devant elle l'obstacle intérieur des craintes, des « tabous », se dispersait-elle dans des mouvements inachevés et nombreux, dans des attitudes contraintes qui étaient la mimique même de l'inquiétude alors qu'habitué à sa gêne et navigant sans peine entre ses récifs, Pierre connaissait souvent la plus parfaite tranquillité.

Pourtant, ce soir-là, son anxiété devait être réelle, car lorsque les Pradier débouchèrent enfin d'une rue voisine, il parut éprouver un grand soulagement. Un homme au teint sombre et habillé de noir accompagnait les Pradier.

— Moi aussi, je suis sur l'affaire, dit-il quelques instants plus tard à Pierre, recourant au langage sommaire des affaires, le seul propre à assurer la légitimité des compétitions futures.

A ces mots, Pierre sembla éprouver un violent dépit. Il savait que les pièces de l'appartement étaient inégalement disposées et il confia à Rose, en la prenant à l'écart, qu'il craignait maintenant de ne pouvoir obtenir la meilleure d'entre elles.

C'était au quatrième étage. Un large escalier sans tapis sur lequel donnaient des portes de bureaux ou d'études dont brillaient les plaques y conduisait. Il faisait presque complètement noir. On s'arrêta sur le quatrième palier. Derrière la porte de l'appartement, un chat miaulait. Quand après avoir longuement cherché ses clefs dans ses poches en mordillant sa moustache rousse, M. Pradier poussa le battant, le chat se cabra avec un ronronnement fiévreux. Sans doute n'avait-il pas mangé depuis le départ des anciens locataires qui l'avaient abandonné deux jours plus tôt. Les deux femmes, Rose et Mme Pradier, se penchèrent sur lui avec un peu de crainte, instinctivement averties des venins de la faim, de ses démoniaques transmutations. Le chat s'enfuit et les deux femmes tentèrent en vain de le rattraper.

Seul, Pierre ne prenait aucune part à cette manifestation de prudente compassion. Il examinait avec soin le grand vestibule en essayant de deviner la disposition des lieux. Il se rappela qu'on lui avait parlé d'un unique cabinet de toilette et son regard courut le long des murs à la recherche des tuyaux d'eau. S'assurer la possession des points d'eau... Pour Pierre, cette tâche revêtait le caractère d'urgence qu'elle aurait revêtu s'il avait été un général d'armée entrant dans une ville à demi conquise.

Guidé par les canalisations dont la peinture s'écaillait, il devança ses logeurs et poussa la porte de la première pièce qui s'ouvrait à sa droite. Il se trouva dans un cabinet de toilette aménagé en alcôve au fond d'une grande chambre à laquelle deux portes-fenêtres donnaient jour. Il remarqua que la toile bleue du « cosy-corner » s'harmonisait avec le tissu des rideaux destinés à masquer l'entrée du cabinet, que les meubles à peu près neufs étaient cependant d'un goût passable et que le parquet de chêne brillait... Ou du moins, que sur une grande partie de sa surface la lumière « frisait ». C'était encore, en effet, le jour, semeur d'angles, mais déjà fléchissant et bien près de dérouter l'inventaire. Chaque lame du parquet, chaque meuble était déjà secrètement livré aux charançons de la nuit. Sur tout cela, un tel éclat si justement cerné, un tel silence... Pierre rouvrit la porte qui donnait sur le vestibule et appela Rose. Il avait arrêté son choix :

— Inutile de chercher plus loin, lui dit-il lorsqu'elle fut près de lui. Ce sera celle-ci et pas une autre !

Rose fit courir son regard autour de la chambre sans oser y pénétrer. La nuit tombait vite et c'était maintenant miracle qu'elle pût poursuivre son examen dans une telle obscurité. Un meuble craqua et elle saisit nerveusement le bras de Pierre :

— Oui, oui, dit-elle, tu as raison...

Ils refermèrent la porte et, guidés par la rumeur des voix, ils rejoignirent les autres qui s'étaient entre temps enfoncés dans les profondeurs du logis. Toutes les pièces qu'ils traversaient maintenant — mais qui aurait pu penser qu'elles étaient aussi nombreuses ? — étaient infiniment moins bien disposées que la chambre bleue. Pierre se garda de le faire observer à ses logeurs lorsqu'il les eut rejoints. Il les entraîna afin de leur montrer l'objet de son choix :

— A quoi sert de comparer ? leur disait-il, puisque celle-ci fera parfaitement mon affaire.

— La mienne aussi..., insinua l'autre candidat locataire lorsque Pierre eut ouvert la porte.

Ils restèrent un instant immobiles devant la solitude de cette grande pièce nue où la lumière du soir connaissait un de ces moments de « suspens » qui font crier au crépuscule quand c'est déjà la nuit, que partout ailleurs les gens se heurtent aux meubles, tâtonnent vers une lampe, s'appellent sans se voir et que pour vous, assis dans une chambre, la main contre la joue, quelque chose dans la fenêtre et dans le ciel ne veut décidément pas mourir et peut-être ne mourra jamais... Aussi se taisaient-ils, comme si le seuil qu'ils n'osaient franchir eût marqué la limite d'une zone interdite.

Cependant, Pierre manœuvrait pour entraîner M. Pradier à l'écart. Il y parvint enfin :

— Eh bien ! qu'en dites-vous ? lui demanda-t-il à voix basse.

— Ce que j'en dis, c'est que vous tombez sur ce qu'il y a de mieux dans la maison. Alors, moi, je vous donne mon chiffre, répondit Pradier. C'est une pièce qui ne ressemble pas du tout aux autres : il faut en tenir compte. D'ailleurs, je sens qu'elle vous convient. Alors, cartes sur table : c'est quatre mille...

— J'accepte, dit Pierre. Je peux même vous payer un mois d'avance.

Il porta sa main à sa poche, mais l'autre l'arrêta.

— Il y a autre chose, reprit Pierre qui se méfiait des accords trop rapidement conclus et qui regrettait que Pradier n'eût pas accepté son option. L'hôtel me coûte très cher. Pourrions-nous coucher ici ce soir même ?

— Bien sûr ! répondit Pradier, mais il faut que je voie ma femme pour lui demander si tout est en ordre. Attendez-moi là. M. Viau va vous tenir compagnie...

Il fit un pas en avant dans le vestibule :

— Eh bien ! mon cher Viau, qu'est-ce que vous faites là-bas, dans le noir ? Venez donc par ici ! Où est passé ma femme ? cria-t-il.

— Elle est dans la chambre, répondit l'autre en se rapprochant.

Pradier s'éloigna.

— Il accepte, dit Pierre à Rose qui l'avait rejoint. Je me demande pourquoi il ne donne pas la lumière, reprit-il à l'adresse de M. Viau, dont il distinguait maintenant, devant lui, la silhouette et la tache plus claire du visage.

M. Viau haussa les épaules :

— Il faut croire qu'il a ses raisons. Je le connais depuis longtemps : il ne fait jamais rien sans raison. Je ne dis pas que vous deviez vous méfier. Personne n'est plus régulier que lui, en affaires...

C'est une très belle chambre. Oui, vous avez vraiment bien choisi...

— Vous ne m'en voulez pas trop de vous l'avoir « soufflée » ? demanda Pierre qui commençait de se détendre.

— Non, tout compte fait. Non, répondit Viau. Elle aurait pu me plaire, mais j'ai réfléchi. J'ai mes raisons, moi aussi... Mais cela ne veut pas dire que je vous donne tort.

Ils restèrent un moment dans l'ombre sans parler. Au fond du vestibule, de la lumière brilla soudain dans l'entrebâillement de la porte.

— J'ai envie d'aller voir ce qu'ils font, dit Pierre, que sa qualité de locataire autorisait maintenant à prendre cette liberté, d'autant plus que c'était « sa chambre » qu'on éclairait.

Il s'avança et s'arrêta à un mètre de la porte. Pradier et sa femme étaient debout au milieu de la pièce.

— Eh bien ! voilà, disait Mme Pradier, tout est en ordre maintenant. Avoue qu'il faut savoir que le plancher a été taché à cet endroit...

— Bien sûr, répondit Pradier, et puis, je te le répète, pour moi, ce n'était pas ça. On m'a toujours dit que ça s'était passé dans le petit couloir. Il faudrait qu'on l'ait transportée ici aussitôt après et qu'elle ait eu un « revenez-y »...

— Il ne s'agit pas de ça ! s'écria Mme Pradier. Je me demande bien pourquoi tu te creuses la tête pour savoir ce qui s'est passé exactement. Cela ne nous regarde pas. Il y avait une grande tache brune sur ce plancher, je me moque bien de quelle façon elle avait été faite. Ce qui comptait, c'est qu'elle s'en aille et qu'on puisse présenter une chambre propre. L'autre soir, après avoir lavé, je ne me rendais pas compte, parce qu'il fallait que le bois sèche. Ce soir, en arrivant, je craignais qu'on la voie encore. Maintenant, je suis rassurée... Allons, viens...

Ils poussèrent la porte et aperçurent Pierre.

— Voilà, dit Pradier avec un geste solennel vers la chambre, avant d'éteindre. Vous êtes chez vous...

Quelques minutes après, ils étaient dans la rue où ils se séparèrent.

Pierre et Rose coururent jusqu'à leur hôtel. Une demi-heure plus tard, ils chargèrent quelques valises dans un taxi. A chaque instant, Pierre palpait à travers l'étoffe de sa poche la clef de l'appartement que Pradier lui avait remise : cet étrange morceau de métal dont il avait cessé depuis longtemps de posséder le modèle et qui faisait maintenant de lui l'égal de ces hommes au pas ferme, rentrant tard par des rues désertes, indifférents à tout, sûrs d'eux, installés dans le monde de la possession et, la main fermée sur leur clef lisse, ne connaissent pas plus les craintes de la nuit que s'ils avaient tenu un couteau au cran d'arrêt.

— Eh bien ! qu'est-ce que tu as ? demanda-t-il à Rose qui se rencoignait au fond de la voiture. Tu ne dis rien !

La brève lueur d'un réverbère dépassé lui permit d'apercevoir le visage de sa femme. Elle fermait les yeux comme chaque fois que, vaincue par les tristesses de l'existence, elle se réfugiait dans la reddition et, souhaitant leur repos, empruntait aux morts leur inertie, leur cécité. Il tâtonna vers sa main et la prit, en vieux compagnon de ses tourments. C'était surtout pour lui que ce geste était secourable. La tristesse de Rose pouvait l'entraîner fort loin dans cette espèce de nuit de tempête qui avait cessé d'être assourdissante et qui régnait partout alentour derrière l'illusion du jour. Mais, s'il tenait la main de Rose, il ne redoutait plus les ténèbres de la damnation et, parfois, le soir, quand ils étaient étendus côte à côte, il imaginait avec exaltation leur marche à travers l'éternité, parmi des rochers luisants, des oiseaux fous... Rose retira doucement sa main. La voiture roulait le long des avenues noires.

— Il y a aussi ce chat misérable, dit Rose, comme si ces mots venaient à la suite d'un long raisonnement.

C'était pourtant vrai ! Ce chat, Pierre l'avait complètement oublié. Il avait disparu si vite que personne n'avait songé à lui au moment où l'on avait quitté l'appartement. A peine Rose eut-elle prononcé ces paroles que Pierre crut entendre le pas mat du chat qui court on ne sait devant quoi, tout au fond d'une maison déserte. Il en éprouva une vague inquiétude.

— Il faudra que nous lui donnions à manger, dit-il, le front plissé. Je me demande bien quoi, par exemple : toutes les boutiques sont fermées...

Il colla son visage contre la glace de la portière pour essayer d'apercevoir la lumière d'une devanture ou d'un étal. Mais la ville dormait tôt, depuis la guerre.

— Il n'a peut-être même pas à boire, suggéra Rose qui recommençait à s'animer. Tiens, personne n'y a songé, tout à l'heure...

L'éternel procès ! Toujours un oubli quelconque, une injustice, une exaction...

— Ecoute-moi ! Nous n'allons pas nous tourmenter pour ce chat tombé du ciel ! s'écria Pierre que ce nouveau sujet d'inquiétude irritait. En quoi cela nous touche-t-il qu'il ait faim ou soif ? Est-ce de notre faute ?

— Non, mais justement cela commence à être de notre faute, dit Rose. C'est chaque fois la même chose.

Pierre ne répondit pas. « Où sera-t-il quand j'ouvrirai la porte ? » se demandait-il. Il se rappela que le chat était venu près de la porte lorsque Pradier avait tourné le verrou pour entrer : c'était donc un animal familier. Mais il l'imagina cependant tout au bout des vastes pièces sombres, au fond du mystérieux domaine dont ils allaient prendre possession, décharné, griffu et flairant une tache sombre sur le plancher... La voiture venait de s'arrêter devant l'immeuble où nulle fenêtre ne brillait.

— Le mieux serait de le tuer, évidemment, dit Rose en sortant de la voiture. Personne n'en voudra. Et moi, je ne peux pas supporter les chats. Celui-là, en particulier.

Occupé à prendre ses valises, Pierre ne répondit pas.

— Je pourrais dire ce que disent les femmes : c'est physique, ajouta Rose. Mais cela ne serait pas parfaitement vrai. C'est juste à la limite...

Elle prononça ces derniers mots plus sourdement, avec lenteur, comme si, les yeux rapetissés par l'effort, elle avait essayé de dissocier la légère brume montant de la lisière d'un bois sans doute récemment trempé par l'averse du champ aux sillons droits de sa lucidité.

Gagné par la cordialité de l'effort, Pierre, qui tenait deux lourdes valises à bout de bras, se reprit à sourire :

— A la limite de l'absurde, en tout cas...

Rose ne répondit rien. Elle montait l'escalier derrière lui, portant, elle aussi, une valise, et s'appuyant à la rampe qui vibrait.

— Le tuer..., reprit-elle au bout d'un moment.

Mais comment pourrais-tu le tuer ? Oh ! je ne parle pas de cela avec plaisir ! J'ai tout envisagé ; le jeter dehors ? Mais il miaulerait dans l'escalier et les voisins viendraient se plaindre... Avec un bâton, peut-être. On dit qu'en leur donnant juste un petit coup sur le nez, ils meurent... J'en suis déjà malade... Et puis, tu n'auras jamais ce courage...

Pierre avait posé ses valises sur un palier, afin de souffler. La lumière de la minuterie s'éteignit et il dut longuement tâtonner le long du mur avant de trouver le bouton qui la commandait.

— Cesse donc de dire des bêtises ! s'écria-t-il, enhardi par l'obscurité. Tu sais très bien que nous n'allons pas tuer cette pauvre bête !

— Pourquoi pas ? répondit Rose. Elle t'excède, tu n'oses pas l'avouer. Tu étais très content d'avoir obtenu cette chambre et, depuis que tu sais qu'il y a ce chat, tu es de nouveau soucieux et taciturne. Reconnais que tu as envie de le tuer et, si je parle de cela, c'est pour t'aider...

— Il y a pire que le chat, dit Pierre en empoignant ses valises.

— Pire que le chat ? demanda Rose timidement.

Toute sa curiosité était mise en éveil et toutefois elle craignait d'être instruite.

Mais, au même moment, on entendit un miaulement dans la grande maison endormie et tout fut à refaire.

— Est-ce qu'on va monter jusqu'au ciel ? s'écria Pierre avec irritation. Ce n'est pas croyable : nous ne sommes encore qu'au troisième !

— Je n'entrerai que lorsque tu auras donné la lumière dans le vestibule, dit Rose. J'ai peur... Tout est tellement sinistre, ici !

— Sinistre ! s'exclama Pierre. Mon Dieu ! que

de grands mots pour une misérable histoire de chat !

Ils étaient enfin devant la porte. Pierre tourna sa clef dans la serrure, entra et appuya sur le commutateur du vestibule.

— Où est-il ? ne put-il s'empêcher de demander à voix haute, avant de faire un pas en avant.

Derrière lui, Rose entra avec méfiance et regarda attentivement autour d'elle.

— Va ouvrir la porte de la chambre et donne de la lumière, pour l'amour de Dieu ! demanda-t-elle, visiblement excédée, à Pierre qui restait immobile.

Il obéit. Le chat était assis au milieu de la chambre et ne bougea pas. Pierre ne se demanda pas, d'abord, de quelle façon le chat avait pu pénétrer dans la pièce, mais il remarqua qu'un coin du « cosy-corner » recouvert de reps bleu avait été mis en charpie sous ses griffes.

— Ah ! il est là..., dit Rose rêveusement en pénétrant à son tour dans la chambre. Ce mystère ne paraissait pas la surprendre.

— Rien d'extraordinaire dans tout ça : il se sera faufilé dans la chambre quand nous y étions, il y a une heure, répondit Pierre, pour prévenir le délire de sa femme. Regarde son travail...

Il désignait la partie endommagée de la literie, mais Rose n'accorda au désastre qu'un fugitif regard. Elle ne quittait pas le chat des yeux.

— Eh bien ! parle-lui, appelle-le, fais quelque chose ! lui cria Pierre. Ce n'est pas une divinité !

Pour donner lui-même l'exemple, il lança un « Minou ! » sec comme un commandement. Il eut le sentiment d'être ridicule. Le chat n'avait pas bougé et continuait de les regarder en rapetissant ses yeux verts.

— Tu vas le tuer ? demanda Rose avec une sorte de candeur douloureuse.

— Nous verrons, nous verrons, répondit Pierre à bout de patience. Je t'en supplie, Rose, laisse-moi d'abord apporter les valises... Si tu savais comme je suis las !

Il allait sortir de la pièce, mais il se ravisa et s'approcha de Rose. « Sacrée petite bique, il ne faut pas être triste... » Rose sourit avec un surcroît de tristesse et l'embrassa. Elle appuya sa tête contre la sienne. Oui, ainsi ils pourraient s'offrir aux bourrasques de la mort, voyager le long des puits sans fin, courir à travers les épines noires, descendre les degrés des gémonies... Si seulement des oiseaux emportés par le vent avaient crié très haut dans le ciel ! Mais non ! Ils se tenaient, tous les deux, côte à côte, tête basse, penchés sur le même labour, le vieux labour quotidien où seule la tache sur le plancher, là-bas, vers le coin, bougeait comme une fourmilière.

— Va ! dit Rose en se dégageant de l'étreinte. Finissons-en...

Le chat avait disparu. Pierre apporta les valises. Rose s'était assise et demeurait immobile, les mains nouées, sous l'avare clarté de la lampe : telle comparaîtrait-elle, un jour, derrière quelque cloison du temps, devant les juges impitoyables du silence dernier. « Sœur Anne ! Sœur Anne ! » criait-on faiblement maintenant de la maison voisine. Elle se passa la main sur le front : tout se tut. Pierre venait de rentrer dans la pièce. Les valises à ses pieds, il restait, lui aussi, immobile, les mains sur les hanches, dans l'attitude d'un ouvrier prêt à un nouvel effort. Rose le vit ainsi, simple, disposé à ne ménager aucunement sa peine et elle éprouva le besoin de différer ce qui allait suivre.

— Vraiment, cette chambre te plaît ? lui demanda-t-elle.

Elle en apercevait maintenant toute la laideur : au-dessus de la cheminée de marbre gris, la glace avec ses tavelures rouillées, la table de Venise aux pieds torsadés et dissemblables, les fougères dessinées en camaïeu sur le papier bleu des murs et absurdement décalées à l'endroit des raccords...

— Ma foi, oui. A défaut d'autre chose..., dit Pierre en haussant les épaules. Et puis, c'est notre première chambre. L'hôtel, ce n'était pas nous.

— Et cela, c'est nous ! dit Rose, sans d'ailleurs la moindre nuance d'indignation, en désignant du menton l'espace vide, devant elle, bien équarri, avec juste un œil d'ombre dans chaque coin. Pierre Berthold, réveille-toi ! Ne sens-tu pas que nous nous laissons conduire comme des enfants et que c'est exactement comme si l'on nous avait « poussés » dans cette chambre ? Pourquoi sont-ils contre nous, tous, autant qu'ils sont ? Mais, secoue-toi ! Explique-moi pourquoi ils sont tous contre nous !

— Ils ne sont pas contre nous, dit Pierre en se mettant à marcher de long en large. Ils sont indifférents. Mais c'est tellement naturel ! Ils ont rendu cela tellement naturel ! En vertu de quel droit pourrions-nous demander qu'ils nous aiment ?

— En vertu de quel droit..., soupira Rose.

Elle gardait la tête baissée et examinait le plancher sur lequel les meubles étaient placés aussi irrévocablement que si leurs pieds avaient été bloqués par une encoche. Elle se surprit à penser qu'il serait nécessaire d'encaustiquer à cause de cette tache brune qu'elle venait d'apercevoir.

— Où est donc passé ce chat ? demanda-t-elle brusquement en redressant la tête. Tu aurais mieux fait de lui tordre le cou ?

Pierre haussa les épaules et sortit de la chambre.

Dans le vestibule, le chat détala juste sous ses pieds. Il le suivit en l'appelant du bout des lèvres. L'un à la suite de l'autre, ils se lancèrent dans des couloirs dont Pierre n'avait jamais su l'existence, traversèrent les pièces les plus reculées de l'appartement, où Pierre n'avait pas le temps de donner de la lumière et que seule la nuit citadine éclairait faiblement.

Le chat fuyait toujours et Pierre apportait maintenant autant d'acharnement à le suivre que si son salut eût dépendu du succès de cette chasse aveugle.

De la chambre, Rose entendait décroître le bruit des pas au fond des profondeurs du logis. Mais, attention ! n'était-ce pas un inconnu qu'elles allaient lui rendre dans un instant ? « Entends ces pas ! » Ils étaient pris maintenant dans une série de petites allées et venues d'un meuble à l'autre, ils contournaient tranquillement un obstacle, s'arrêtaient : à l'oreille, on a toujours l'impression que l'assassin fait son ménage... Rose s'était levée, mais elle hésita devant l'obscurité qui régnait dans les pièces voisines, et demeura, en fin de compte, appuyée au chambranle de la porte donnant sur le vestibule :

— Eh bien ! Pierre, qu'est-ce que tu en as fait ? cria-t-elle, prise de panique et afin d'obtenir seulement une réponse, quand elle entendit les pas se rapprocher d'elle.

L'inconnu traversait pesamment la dernière salle en prenant (sans doute à cause d'une table) un biais qui n'en finissait plus et maintenant il venait « de côté », comme les morts, avec effort, semblait-il, et c'était, comme l'instant venu, le justicier et son pas de caviste... Rose ne distinguait pas encore son visage et cette présence devinée prenait une importance qui, dans une seconde, allait le faire hurler de terreur.

Pierre surgit à la lumière. Il parut remarquer l'air égaré de sa femme.

— Tu ne te figurais tout de même pas que j'allais le tuer ! lui dit-il. J'ai réussi à l'enfermer dans une espèce de lingerie, au fond du petit couloir qui dessert les pièces de derrière. Assez inattendue, d'ailleurs, cette partie de l'appartement... Dans le couloir, par exemple, il y a une petite fenêtre avec des vitres de couleur. En ce moment, la lune les éclaire. Tiens, viens donc voir... N'aie pas peur !

Il prit Rose par la main et elle le suivit à travers les pièces où la lune se levait. Il les traversait avec assurance, fier de sa seconde vue, signalant à l'avance chacun des obstacles, inventoriant avec sollicitude ce monde mort. Ainsi l'entraînerait-il, chaque jour un peu plus avant, dans son désert : « D'où vient que je sois si docile ? » se demandait Rose et elle s'abandonnait, au même instant, à son amour plus profond que l'amour et inséparable, en tout cas, d'un destin d'Eurydice.

Aurait-elle jamais cru que cet appartement fût aussi vaste ? Sous sa main, les meubles un à un nommés échafaudaient entre des séquences de vide leurs surfaces polies. Brusquement, il fit plus froid : Pierre venait de pousser la porte d'un couloir.

— Tiens ! regarde..., dit-il à Rose, c'est aussi joli qu'un vitrail.

C'étaient des petits carreaux en losange bleus et rouges masqués à demi par un rideau opaque.

— Mais, c'est du vitrail ! répondit Rose. Ce n'est pas parce qu'on n'y voit pas de saints...

Pierre parut ne pas entendre.

— Le chat est enfermé là-dedans, reprit-il en montrant une porte qui s'ouvrait dans la boiserie du mur. Mais j'ai peur qu'il étouffe. Tout à l'heure, de l'intérieur, il griffait le bois. Il faisait du bruit comme cent démons ! s'écria-t-il avec force, comme s'il avait voulu proclamer à la terre entière la malfaisance de l'animal.

Incité par le bruit des voix, le chat se mit à miauler.

— Oh ! il ne va donc pas se taire ? cria Pierre avec colère. Nous n'allons tout de même pas passer la nuit debout à cause de lui !

— Eh bien ! fais-le sortir, dit Rose. Il ne nous mangera pas.

— Tu as raison, après tout, répliqua Pierre. Mais il faut faire quand même attention. Si maintenant il allait nous sauter à la figure ? Hein, si maintenant il allait nous sauter à la figure ? Je voudrais bien un peu de lumière, ici !

Il inspecta longuement le couloir et n'y trouva pas de commutateur. Il revint vers la petite fenêtre et, se haussant sur la pointe des pieds, tira le rideau noir — vestige de la guerre — qui la masquait à demi. La lune qui, entre temps, avait monté dans le ciel, éclairait tout à fait la porte du placard. Elle éclairait aussi une large tache sombre étalée juste un peu plus loin, le long de la paroi. Pierre se rapprocha de Rose sans pouvoir en détacher son regard.

— Oh ! ils auraient pu quand même la laver..., murmura-t-il avec horreur.

— Ouvre cette porte ! Ouvre cette porte ! implora Rose en s'agrippant à son bras.

Il obéit. Le chat bondit et se tourna vers eux en sifflant. Ils reculèrent, mais le chat s'enfuyait déjà vers le fond du couloir. Pierre le suivit jusque dans le vestibule, où l'animal bondit par une fenêtre restée ouverte sur une étroite cour. Pierre se pencha : aucun cri, aucun bruit de chute ne monta du puits noir. Il revint vers Rose. Elle n'avait pas bougé et frissonnait des pieds à la tête. Alors Pierre l'entraîna, sans un mot, à travers l'appartement sombre et désert au bout duquel les attendait leur première chambre conjugale.

ENTRE CHIENS ET LOUPS

On nous fit traverser une vaste cour que barrait, à l'est, un long bâtiment sans étages creusé de niches grillagées. Nous étions à la fin de l'après-midi. Le soleil déclinait au-dessus des bois et je pouvais lire l'heure sur le sol même dont le gravier s'ombrait, se doublant d'un impalpable mâchefer et me restituant un de ces inconsistants repères auxquels j'ai coutume de me référer, d'une façon un peu clandestine, lorsque je me trouve, dans des circonstances officielles, en compagnie d'autrui.

La journée avait été particulièrement chaude, mais il me semblait que je n'en prenais conscience qu'en ce moment même alors que le soleil allongeait ses derniers rayons brûlants et soulignait de mille onglets noirs sur le sol le lieu délimité, précis, de quelque rencontre africaine. J'ai toujours redouté cette heure oblique où s'échauffe dans l'herbe des prés un chiendent noir, où le front des bois estompe ses feuillages gris dans la lumière et où le Rhin déshabité par le courant, ralenti par ce surcroît de chaleur, est jeté comme une manche de manchot.

— Nous y voici, dit le commandant en se retournant vers nous, alors que nous atteignions l'extrémité du bâtiment où s'ouvrait la porte du chenil.

Je reconnus l'odeur. Elle m'avait accueilli un peu plus tôt de l'autre côté de la cour, quand j'avais franchi l'entrée de l'enceinte, mais assez imprécise alors pour que j'aie pu l'associer inconsciemment à la chaleur de l'heure, à la cuisante fatigue du jour, à l'éclat de ce mauvais cuivre qu'on semblait fourbir ardemment quelque part avec un morceau de vieille peau de hyène.

— Cent trente chiens, messieurs ; nous avons ici cent trente chiens exactement, annonça le commandant en s'engageant le premier dans l'étroit couloir du chenil sur lequel, des deux côtés, s'ouvraient les boxes.

Comme s'ils avaient été dressés à répondre avec une promptitude théâtrale à la promesse du commandant, les habitants des niches étaient venus coller leurs museaux aux grillages et, en proie à une jubilation haineuse, avec, dans la mâchoire, le léger frémissement qui précède l'aboiement, ils s'étaient tournés vers nous, espérant beaucoup, malgré les clôtures, de ces personnages flottants qui font voltiger autour d'eux, dans l'ombre, des pans de vêtements et l'appât blanc des mains. Il y eut une seconde ultime pendant laquelle ils se taisaient encore, mais allaient aboyer, et qui rendit à tel point virtuel notre rôle de proies que la défense des grillages laissa passer comme un tamis trop gros l'horreur de la morsure.

Ce n'est que lorsque nous nous fûmes engagés dans le couloir qu'ils connurent leur impuissance et commencèrent de nous assourdir de leurs glapissements, tandis qu'ils se jetaient tout droits contre le grillage, découvrant leur ventre couvert d'un court pelage blanc où saillait le sexe capuchonné mais prompt des chiens. Chacun d'eux, à son tour, nous voyant dépasser son box, retombait sur ses pattes et, s'abandonnant à une sorte d'égarement, se mettait à courir en rond dans l'étroit espace où l'avait tenu jusqu'alors l'apprentissage de la cruauté que venait de troubler notre rapide intrusion dans la liste familière des défis.

D'autres, cependant, demeuraient dressés, les pattes écartelées par le grillage, la tête rejetée sur un dernier aboiement, possédés par l'attirance humaine, avec leurs ventres de renards tués, et une espèce de balayeur qui venait vers nous s'effaçait maintenant à notre passage, s'aplatissait contre la clôture métallique sans que son poids parvînt à en modérer les dangereux tressautements et glissait comme une ombre fautive dans l'abside des chiens.

Tant d'humilité chez cet homme, que ne justifiaient ni la présence des officiers ni la nôtre, bien qu'elle revêtît, en apparence, un caractère officiel, me surprit et je demandai au commandant quelles fonctions cet employé exerçait ici.

— C'est un homme de peine, répondit le commandant sur un ton d'indifférence bourrue. Tchèque ou polonais, ancien D. P. Nous employons un certain nombre de ces gens pour des besognes secondaires... Connaissez-vous le malinois ? reprit-il, soucieux de revenir à l'objet de notre visite. Il n'est pas impossible, voyez-vous, que nous l'adoptions ici, un de ces jours. Je prévois vos objections...

Nous avions traversé le bâtiment tout entier et nous débouchions dans la cour. Quelques aboiements s'élevaient encore derrière nous, fort espacés, témoignant moins d'une vraie fureur que d'une sorte de commentaire crépusculaire et évoquant les soins « d'après », quand on rassemble avec mauvaise humeur les cailloux, les galoches noires, les branches torses dispersées sur l'aire d'un sordide combat...

— Il est cependant incontestable que le malinois a plus de vigueur que notre berger allemand, continuait le commandant. Aussi résiste-t-il mieux aux privations, au froid : qualités fort précieuses lorsqu'on est en campagne...

Je l'admirais secrètement d'évoquer avec autant de sérénité ces maux auxquels il serait, lui aussi, exposé. C'était un homme d'une cinquantaine d'années, au visage carré, au dos large. Ses tempes étaient rasées sous le bonnet de police de drap foncé ; quelques poils noirs parsemaient ses mains. Des pieds à la tête, il appartenait à l'armée. Sans elle, saurait-on être autant adulte? Voilà qu'à travers lui elle domestiquait les fléaux et que la guerre devenait une promotion périodique à l'ordre du froid, de la faim, de la mort, une rubrique coûteuse qu'il faudrait épeler jusqu'au bout avec les lèvres sèches du commandant et peut-être pour la seule raison qu'elle était « écrite » : le destin n'a pas de meilleure armée que la nôtre...

Nous avions, de nouveau, traversé la cour et atteint l'endroit où plusieurs jeunes officiers nous attendaient, bavardant, riant, formant des groupes sur lesquels plongeaient, encore plus joyeux que les autres, des retardataires qui posaient leurs bras étendus sur les plus proches épaules et poussaient leur visage clair dans le cercle, avec un air d'interrogation narquoise. Ils se retournèrent tous ensemble lorsque nous fûmes près d'eux, saluèrent leur chef et nous emboîtèrent le pas.

— Tout est prêt, Duval ? demanda le commandant sans se retourner. Le mannequin ?

— Oui, mon commandant, répondit l'officier avec un empressement respectueux. Le mannequin aussi...

Employés par des gens dans la bouche desquels on ne s'attendait pas à les trouver, parce que leurs fonctions ne leur en procurent — et ne leur en procureront jamais, en principe — l'usage, certains mots peuvent prendre une inquiétante rigidité. C'est l'éveil d'une inconsciente mais sage méfiance qui brusquement fait rendre un son insolite au substantif venu de très loin avec son tablier de tailleur, sa coiffe de lustrine, véritable otage qu'on pliera bientôt à de cruelles soumissions. Que venait faire dans cette soirée torride, derrière cette caserne de chiens, la silhouette noire d'un mannequin habité de sa solitude spectrale ?

Je me gardai toutefois d'interroger le commandant. Il marchait devant moi sur l'étroit talus qui dominait maintenant un champ clos semblable à un stade. Un peu plus loin, une sorte de tribune en bois pourvue de sièges surplombait l'arène. Lorsque nous l'eûmes atteinte, le commandant s'effaça en nous invitant à prendre place au premier rang. Il ne se passait rien encore. Derrière nous, les officiers s'installaient bruyamment sous la paillote. Car il s'agissait bien d'une paillote, d'un toit tressé de joncs qui laissait passer quelques jaunes et cuisants rayons de soleil au hasard des grossières javelles, d'un refuge fragile où, dans l'oppression et le silence du soir, s'assemblait soudain une espèce de tribunal rituel insoucieux de la cause à juger et tourné nonchalamment vers le spectacle de sa carnassière justice.

Un sous-officier venait d'amener dans l'arène trois chiens tenus en laisse. Il les détacha et commença de se livrer avec chacun d'eux à ces exercices que les soldats appellent : « l'école à pied » : marche, arrêt, demi-tour, mouvements d'automate ou de marionnette dont l'étendue et la solitude du stade, aussi bien que l'âge du sous-officier chevronné, accentuait, au delà même des limites du ridicule, le caractère ésotérique et vaguement farouche.

En fait, l'homme ne servait que de support à la démonstration du chien qui, à son côté, avançait sans que son museau sortît de l'alignement, s'arrêtait, tournait, repartait, lui aussi absorbé par la morne parade. Mais la bête, encore qu'elle fût très vigoureuse, très haute et assez consciente de sa tâche pour conserver une noble attitude, se « détachait » mal du sol, se noyait, par instants, dans une soumission atavique, se bornait à accompagner avec un air d'hébétude l'homme soudain isolé dans sa raide promenade de pendu. Cette disproportion, ce brusque déséquilibre se trouva, dans cette minute même, justifier toutes les craintes que j'avais éprouvées confusément depuis mon entrée dans le chenil. L'idée de rapports irrémédiablement faussés, de chiens se dérobant si bien sous le couvert de la plus parfaite obéissance que ce lieu devenait, en fait, un « chenil d'hommes » s'imposa si bien à mon esprit que je ne connus pas le moindre mouvement de surprise lorsque le mannequin fit son entrée dans l'arène.

Il y était attendu et le vieux sous-officier qui venait de rassembler ses trois bêtes resserra un peu plus fort contre lui sa gerbe de chiens afin que le mannequin pût s'avancer dans le champ clos sans qu'un jappement, un élan inconsidéré vînt distraire l'assistance de cette apparition solennelle. C'était un homme revêtu des pieds à la tête d'un épais rembourrage de toile forte, de crin et de morceaux de liège cousus ensemble, d'une sorte de lourde combinaison brune semblable un peu à l'habit des scaphandriers — mais évoquant plutôt, ici, des possibilités de flottaison, une idée d'impossible noyade — ou, encore, d'une armure de feutre comportant, à l'endroit des yeux, une étroite ouverture protégée par une visière.

Les jambes et les cuisses étaient recouvertes d'une double protection, emprisonnées dans une sorte de claie entoilée, tandis que les pieds disparaissaient dans des sabots de bois et que, le long du corps informe, s'étiraient, sous le poids des moufles chargées de poix et d'étoupe, les bras interminables de l'homme aux mains calfatées.

Il avançait avec effort en se dandinant, sans nous voir, car son heaume faisait œillères et s'arrêta juste en face de la tribune après avoir tourné sur lui-même à la manière d'un acrobate ou d'un contorsionniste de foire qui tasse le sol autour de lui avant ses exercices.

— Vous allez assister à quelques démonstrations « d'attaque à l'homme », nous dit le commandant qui était assis derrière nous, en approchant sa chaise. Un merveilleux travail. Le général lui-même n'en croyait pas ses yeux, l'autre jour...

Il ne disait pas « attaque de l'homme », mais « attaque à l'homme », comme si la première expression eût signifié une agression injustifiée, une action immorale dirigée contre la personne humaine — de préférence au coin d'une rue déserte — et que la seconde, avec la garantie de son incorrection grammaticale, eût été le titre d'une rubrique du règlement des armées en campagne, la formule d'un ordre donné à bon escient et en connaissance de cause.

Le sous-officier, dans l'arène, détacha un chien et lui lança une brève parole que je n'entendis pas. La bête bondit sur le mannequin. Il était toujours tourné vers nous et ne la voyait pas venir. Elle happa un de ses bras un peu au-dessous du coude. Le mannequin fléchit légèrement sous le poids soudain puis, revenant peu à peu à la vie comme si la douleur ne l'avait atteint qu'au terme d'un long cheminement à travers sa carapace, il essaya de dégager son bras de l'emprise. Le chien cependant restait arc-bouté, les dents crochetées dans le liège de l'armature tandis que, gêné par la raideur de son vêtement, l'homme ne faisait plus déjà que des efforts extrêmement lents, victime moins déchirée par une bête dévoratrice qu'à jamais tourmentée par le chien jaune d'une malédiction.

Le sous-officier rappela la bête au bout de quelques instants puis, sans que j'aie compris pourquoi, la lança, de nouveau, sur le mannequin. Mais, cette fois, il lui ordonna de s'arrêter à un mètre de la proie. La bête obéit. « Va ! » lui cria tranquillement son maître. Derechef, le chien bondit et s'accrocha sauvagement au bras de l'homme. Le tourment recommençait. Il s'inscrivait assez naturellement maintenant dans la lumière de plus en plus jaune du soir, il s'accordait assez bien avec la lourde chaleur de l'heure, l'odeur de poussière montant du stade où l'homme essayait depuis des siècles d'entraîner loin d'ici, son boulet velu, son compagnon à peine dévorant qui ne bougeait plus et s'endormait dans la ténacité comme d'autres, à cette heure, dans le soleil, la paix, les hautes herbes. Et puis le sous-officier rappela le chien, en lança un autre vers l'homme, lui enjoignit de s'arrêter, le laissa aller, lui cria de revenir, de repartir et l'homme, sous les assauts successifs et les fausses peurs, ne bougeait pas d'un pas, écartait de plus en plus ses jambes, remuait de moins en moins ses longs bras, comme un opéré... Je m'épongeai le front.

— Regardez ! regardez ! me cria le commandant en posant sa main sur mon épaule.

L'homme courait maintenant dans l'arène en

agitant lourdement ses bras sans qu'on pût savoir s'il s'agissait d'une mimique volontairement grotesque ou si le poids de sa carapace l'obligeait à ces efforts désordonnés. Il trébucha une ou deux fois puis brusquement un chien s'élança sur ses traces, le rejoignit et bondit très haut afin de happer un de ses poignets. Il y parvint. L'homme voulut poursuivre sa course et tomba. Derrière nous, les officiers s'agitèrent sur leurs chaises et se mirent à parler tous ensemble.

— Je vous assure qu'il ne l'a pas fait exprès ! dit l'un d'eux très fort.

On rappela le chien. L'homme se releva péniblement et voulut, de nouveau, s'enfuir mais, cette fois encore, le chien le rejoignit. Avec la lourde décision des géants, l'homme fit alors mine de marcher vers nous. Que pouvait-il nous vouloir ? La bête qui s'était un peu éloignée de lui revint à la charge, l'agrafa. Il ne devait plus bouger et j'en éprouvais un obscur soulagement.

Bien qu'elle n'eût qu'un caractère purement expérimental, cette interdiction finissait par ressembler à une mesure punitive, à une « arrestation » qui aurait pu fort bien avoir été décidée une minute plus tôt, alors que le jeu semblait encore durer et que l'homme, sans que nous en doutions, glissait vers le délit. Il était assez loin de nous maintenant, dans une partie du terrain que l'ombre du bois gagnait déjà, semblable à un évadé repris au moment où il atteignait la lisière ou, encore, à un braconnier corpulent, un incendiaire buté aux épaules trop larges comparaissant, dans une solitude tragique, sur les lieux mêmes de son forfait, avant qu'on ne lui passe les chaînes...

Et le voilà qui, de nouveau, se remettait à courir vers le bois dans un élan désespéré et beaucoup moins lourdement que lors de ses premières tentatives. Il put atteindre une petite cabane en planches et s'y enfermer avant que le chien lancé à sa poursuite ne le rejoignît. L'histoire tournait au désordre, se compliquait d'excès suspects. Le chien se mit à courir autour de la cabane, découvrit une fenêtre et sauta à l'intérieur. De fortes détonations retentirent, des pétards que, dans une sorte d'apothéose sinistre, l'homme faisait partir afin d'effrayer son agresseur. Mais le chien ne ressortit pas avant que l'homme vaincu, abruti ou aveuglé par la fumée de ses engins, eût ouvert lui-même la porte, traînant, accroché à son bras inerte, à sa vieille plaie indolore et sèche, cet éternel fardeau qui finissait, à force de répétitions et, aussi, à la faveur de la lassitude générale, par évoquer des idées de justice immanente, de fatalité, d'autant plus acceptables que le soleil disparaissait, qu'il allait faire nuit et qu'il fallait rentrer avec la paix dans son cœur.

Cette fois, on le laissa venir jusqu'au pied de notre tribune. Renversant la tête, il essayait de nous voir malgré sa visière. Je distinguais mal son regard. Derrière nous, le commandant se leva et s'épousseta : la démonstration était terminée. J'adressai un signe de tête au mannequin en guise de compliment. L'insistance de son regard dont je ne connaissais pas encore la couleur me mettait mal à l'aise. Le commandant me prit par le coude et m'entraîna.

— Jamais d'accidents ? lui demandai-je.

— Certes. Il arrive parfois que le mannequin perde dans le combat une de ses moufles protectrices. Il n'y a pas un homme, ici, qui n'ait été mordu une fois. Rassurez-vous : ce n'est pas toujours grave. Je dirai même qu'il faut y être passé. Cela constitue une sorte de baptême. Dès lors, les rapports sont établis nettement. Il est bon, voyez-vous, d'être prémuni contre certain sentimentalisme. Le chien est une arme infaillible que nous avons, non sans peine, démouchetée. Cela pour des buts précis, délimités, militaires. Rien de plus ! ajouta-t-il avec un peu de rudesse et en me regardant comme pour prévenir toutes les suppositions auxquelles j'aurais pu me livrer.

Nous étions revenus dans la grande cour du chenil. Le soleil avait disparu tout à fait. Un concert d'aboiements s'élevait du bâtiment voisin. Il ne devait plus cesser d'établir au fond de la nuit et, plus tard, derrière l'aube, ce climat de disputes, de clabaudements et de rires lugubres qui accompagne, l'été, certaines nuits de lune et où s'éveillent à des distances infinies des animaux veilleurs alors que personne ne passe, sauf la lumière de la lune qui marche sur les pierres.

Au mess, le repas fut animé. On parlait de la guerre prochaine, avec cette intelligence politique qu'on trouve maintenant dans la plupart de nos casernes et particulièrement dans celles qui sont situées de l'autre côté du Rhin.

— Parvenez-vous à dormir malgré ces aboiements incessants ? demandai-je à mon voisin de table.

— Sans trop de difficultés, me répondit-il. Il ne s'agit, voyez-vous, que d'une simple technique. Parmi tous les aboiements, vous en choisissez un, un seul, et vous l'accompagnez. Comprenez-moi bien, je veux dire que vous vous appliquez à aboyer mentalement avec ce chien choisi parmi tant d'autres. Bien sûr, il ne faut pas le lâcher aussitôt mais s'efforcer patiemment de le suivre. A chaque aboiement, ce petit élan au-dedans de vous, tenez, comme si vous vous imaginiez disputer une compétition d'aviron. Et puis voilà le miracle : vous dormez et c'est le matin. Le secret ?

c'est qu'on se fatigue d'aboyer plus vite qu'eux...

A l'autre bout de la table, le commandant, la fourchette levée, tenait une conférence :

— Nos services de renseignements l'ont affirmé, messieurs : les Russes en possèdent un grand nombre. D'ailleurs, tous les chenils allemands de l'Est ne sont-ils pas tombés entre leurs mains ?

De jeunes officiers poursuivaient cependant des apartés animés :

— Qu'est-ce que vous entendez par « guerre » ? demandait avec sévérité l'un d'eux qui portait des cheveux en brosse et pour qui chaque mot semblait exiger un examen douloureux. Précisez votre pensée...

— Vous entendez ! Voilà où nous en sommes maintenant ! me dit mon voisin avec un air de complicité enjouée. La question du lieutenant Maudru ne traduit-elle pas toute une angoisse ? Il n'y a pas si longtemps ce mot « guerre » qui l'inquiète si fort enfermait mille espèces de trahisons et maintenant c'est le mot lui-même qui est suspect de trahison, il n'arrive même pas à le saisir : un œuf fêlé et englué...

Je souris et me détournai. Il devait s'agir d'un esprit paradoxal, à moins qu'ennuyé par son métier cet homme se plût à tourner en dérision le sérieux de ceux qui y « croyaient ». L'air de la salle à manger s'enfumait. Il faisait de nouveau très chaud.

— Jouez-vous au bridge ? me cria le commandant à travers le brouhaha. Et vous, capitaine Issautier, êtes-vous des nôtres ?

Je déclinai l'offre et je sortis rapidement dans la cour afin qu'aucun officier ne s'offrît à m'accompagner.

Jamais les chiens n'avaient aboyé aussi fort mais ce n'étaient pas tant leurs glapissements, leurs jappements qui m'irritaient que l'absurde conflit qu'ils reflétaient, pleins de mouvements de retraite, de reprises en chœur, de criardes revanches avec des gains soudain de silence qui encerclaient comme une eau noire un chien isolé sur ses pattes raidies. La lune s'était levée au-dessus des bois. L'horloge du clocher d'Appenweier sonnait au loin avec cette lenteur et cette sorte d'innocence qu'apporte toujours — et même lorsque les images de la vie se distendent (comme ici à cause des chiens) la mesure du temps.

C'est alors qu'un homme s'approcha de moi. Il projetait dans la nuit noire l'ombre frôleuse de l'approche humaine, chose, en fait facilement monstrueuse, lancée en avant et rampante à la fois, pour peu que la lune se découvre, et coiffée d'un œuf d'ombre que gobent vainement les unes après les autres les pierres. Il me demanda de lui donner du feu avec ma cigarette. Il parlait avec un accent étranger que j'identifiais mal. Il me remercia et parut ne pas vouloir s'éloigner.

— Vous avez assisté à la démonstration, tout à l'heure, me dit-il. Je crois qu'elle vous a intéressé ?

Il avait baissé la voix pour prononcer ces mots et je n'aurais pas été autrement surpris si, au même instant, il m'avait donné un léger coup de coude.

— Elle m'a, en effet, vivement intéressé, répondis-je, un peu sur mes gardes. Vous y étiez, vous aussi ?

— J'y étais.

Il se tut un instant et tira sur sa cigarette en se retournant vers la nuit comme si la conversation entamée ne devait plus se poursuivre et que l'ombre du ciel, à défaut des étoiles, fût là pour requérir toute notre attention.

— ... Seulement, reprit-il, moi, j'étais « dedans »...

Cette fois, le ton de sa voix m'avait donné l'éveil :

— C'est-à-dire ? demandai-je, de ma voix la plus neutre, la plus indifférente.

— J'étais le « mannequin », répondit-il simplement, avec même une nuance de soulagement. Vous savez, l'homme qui court...

— Et qui tombe...

Pourquoi avais-je dit cela ? Je le regrettai aussitôt.

— N'allez pas me le reprocher, vous aussi ! s'écria-t-il en se tournant vers moi. Depuis la fin de l'après-midi on ne sait que m'accuser d'avoir fait le comédien et d'être tombé volontairement. Il est vrai : je ne tombe jamais. Aujourd'hui, c'était un accident. Je ne pensais pas aux spectateurs ni à leur qualité...

— Ne vous méprenez pas sur leur qualité. Nous ne sommes que des fonctionnaires, répondis-je en haussant les épaules.

Il leva la main pour signifier que cette allégation, pour lui, ne comptait guère. Il était d'une taille et d'une corpulence très moyennes alors qu'un peu plus tôt, dans le stade, il composait, sous son vêtement rembourré, une impressionnante silhouette : on pensait à un arbre qui aurait perdu son écorce, un grossier ormeau qui, le soir venu, se serait avancé vers vous, dans la nuit, avec un torse nu de jeune fille... Tout cela était fort irritant.

— Fonctionnaires, fonctionnaires, sans doute, reprit-il doucement. Vous n'en êtes pas moins ici pour examiner, pour contrôler... Le commandant devait être furieux lorsque je suis tombé ! Il a sans doute cru que je cherchais à accentuer le caractère odieux de la démonstration. A moins qu'il ait vu là une preuve supplémentaire de l'efficacité de ses bêtes. On ne sait jamais à quoi s'en tenir avec lui ! Je sais seulement qu'il me méprise ou qu'il me hait ! ajouta-t-il plus sourdement.

— Je crois que vous exagérez, répondis-je surpris par la violence de ses propos. Je ne connais rien de vos rapports avec le commandant mais il me semble qu'il n'est pas homme à mépriser ou à haïr ses employés. D'ailleurs, s'il en était ainsi il ne vous garderait pas au chenil.

L'homme jeta sa cigarette et l'écrasa soigneusement avec le bout de sa chaussure. J'étais déjà habitué (et je découvrais, une fois de plus, avec un émerveillement inquiet, ce passé que des êtres inconnus savent parfois constituer en nous) à ces silences, à ces pauses pendant lesquelles il allait chercher fort loin, dans quelque brumeuse contrée du passé plantée de bouleaux, l'argument étrange et plaintif semblable au son d'une de ces violes à une seule corde, la vérité à figure de mensonge, le bon droit bariolé...

— Votre logique n'est pas la logique du chenil, reprit-il en secouant la tête. Le commandant est bien forcé de me haïr puisque, dans mes fonctions, je suis l'ennemi, le « mannequin », la proie, la cible ! J'emploie volontairement ces synonymes afin de vous laisser toutes les chances d'y découvrir une once de pitié. Le commandant doit faire son métier, veut faire son métier ; il doit entrer dans la mécanique des chiens. DITES-VOUS BIEN QU'IL EST TOUJOURS PLUS SIMPLE DE CROIRE. Nous sommes installés, ici, dans un mythe cruel. Nécessaire ou non : je n'aborde pas cette question pour le moment. Tous, nous vivons de ce mythe. Le commandant le premier. Le soir venu, car il y a toujours un moment où le soir vient, même dans les mythes, pourquoi se retirerait-il ?

« Tenez, c'est comme une histoire de rendez-vous de chasse. On a chassé tout le jour dans les bois détrempés, dans les marais et puis la nuit vient, la chasse prend fin. Il suffirait alors que lui, le chasseur, il sorte du bois, qu'il gagne les hautes terres pour qu'il me retrouve, tel que je suis en vérité, là, devant sa maison des champs, dépouillé de mon masque de sanglier ou de lynx, et pour que nous connaissions, l'un et l'autre, dans la dernière lumière du soir, l'apaisement. Mais il est las et, sans même quitter ses bottes, il va dormir pesamment dans le petit pavillon de chasse enfoncé dans le bois noir, le marais, et il garde près de lui ses chiens, tous ses chiens !

« Car les chiens, eux aussi, me haïssent et rêvent de me mettre en lambeaux. Voulez-vous que je vous le prouve tout de suite ? Tenez, je vais m'approcher du bâtiment où ils sont enfermés. Ils n'auront nullement besoin de m'apercevoir à travers les grilles extérieures de leurs niches pour connaître ma présence. Ils me sentiront, me devineront. Alors, vous entendrez ! Savez-vous qu'ici nous avons la « mer », la « mer » ! répéta-t-il avec égarement. En ce moment, ce n'est que le colloque habituel, un paisible bavardage. Mais quand je m'approcherai ils secoueront le bâtiment à en faire crouler les murs ! Le commandant laissera tomber ses cartes pour venir sur le seuil de son petit pavillon de chasse : Que se passe-t-il ? Que se passe-t-il ? Hein, voulez-vous que je vous fasse « encore » cette démonstration.

— Je préfère que vous vous en absteniez, répondis-je vaguement alarmé. Revenons-en plutôt à vos explications. Elles ne m'ont qu'à moitié convaincu car, après tout, que faites-vous pour sortir du bois, de la chasse, vous qui parlez si bien ?

— Au moins, je me déshabille ! s'écria-t-il avec un rire forcé et en pinçant ridiculement les revers de son veston de toile, et je suis là, bavardant avec vous, voyant les choses, voyant les choses...

— Sans doute, mais mesurant mentalement la distance qui vous sépare des chiens et sûr, sereinement sûr, de pouvoir en faisant quelques pas déchaîner une tempête de l'autre côté de la cour. Je ne vous reproche rien. Avouez seulement que vous comptez, même en ce moment, sur la haine du commandant et sur le flair redoutable des chiens. Et je voudrais simplement savoir quels sont ceux qui, ici, s'enferment dans le mythe...

L'homme resta silencieux, une fois encore.

— Je me suis un peu exalté, il y a un instant, lorsque je vous ai offert de m'approcher des chiens afin de les exciter par ma seule présence et, naturellement, vous avez pensé que j'étais fier de mon pouvoir, que je mettais beaucoup de complaisance à continuer de jouer le jeu. Vous avez pu le croire. Mais il n'en est rien, je vous le jure ! s'écria-t-il. Je suis hors du jeu. A chaque instant et pas seulement le soir, je suis prêt à les aimer. Croyez-moi ! Je donnerais tout pour que cette histoire cruelle cesse, pour que je puisse m'approcher du chenil sans que cent chiens soient possédés par la fureur, pour que je puisse m'approcher du commandant comme je me suis approché de vous, ce soir.

Il baissa la voix :

— Imaginez un peu ce que peut être ma vie, avec ces chiens perpétuellement à mes trousses ! chuchota-t-il comme si jusqu'alors nous n'avions rien dit. Chaque fois qu'ils se ruent sur moi ils espèrent que leurs dents, enfin, atteindront ma chair. Et, chaque fois, ils sont frustrés, mais de si peu ! Je les ai là, à bord de chair ! C'est comme un équilibre dangereux : on en a parfois le vertige... Et tout le jour, ils aboient après moi. Ils me suivent du regard quand je passe le long de leur bâtiment. Ils me sentent — ou me regrettent — quand je suis dans ma chambre. Vous ne pouvez savoir combien ces clameurs, cette espèce de haine creuse, emplit facilement votre « univers ». Je me dis quelquefois que je l'entendrai encore clapoter contre les bords, dans la cuve de l'enfer. Je me dis que c'en est fait, que l'éternité, déjà, en est pleine et que chaque enfant qui naît est un être par hasard échappé à des querelles de chiens. Est-ce que ce ne sont pas là des idées inquiétantes ?

J'allais répondre mais, derrière nous, au fond de la nuit, une porte s'ouvrit, projetant un rectangle de lumière. Des officiers sortaient. Ils parlaient fort et se dirigeaient vers nous, sans nous voir.

— Ne restons pas ici, dis-je à mon compagnon en l'entraînant vers le fond de la cour qu'obscurcissaient les premiers arbres de la forêt. En prenant cette initiative, je me livrais tout à fait ; je me dépouillais de toute la réserve que j'avais observée jusqu'ici. Ce n'était pas encore l'amitié mais, déjà, ce compagnonnage nocturne qui jette au-dessus de la distance et du vide des êtres, comme un premier pont, les liens d'une complicité. Il me suivit silencieusement, intimidé peut-être d'être promu si tôt...

— Tout ce que vous me dites, repris-je lorsque nous eûmes atteint la bordure du bois, est extrêmement convaincant. Vous m'apportez la clef que je cherchais. Je ne dis pas cela pour vous flatter ou vous donner raison sur tous les points. Cette clef, d'autres que vous, sans doute, la détiennent. Oui, quand j'ai franchi cette enceinte, j'ai senti que « tout ne se passait pas aussi simplement que cela ». Je ne pourrais pas mieux dire : les chiens, leur rôle, leurs maîtres, le rôle qu'ils assumaient eux-mêmes, bref, ces rapports hiérarchiques, utilitaires qui étaient établis entre eux ne satisfaisaient pas l'esprit. Encore moins le cœur... Donc, nous nous entendons sur l'essentiel mais il s'agit de ne pas perdre la tête. Je vais vous poser une question très simple : entre nous, pourquoi restez-vous ici ?

— Me croyez-vous donc libre ? s'écria l'homme (je ne lui avais pas encore demandé son nom). Il est vrai que vous ne connaissez pas encore mon histoire. Alors, recommençons !

— Je ne vous y oblige nullement, répliquai-je blessé. Si vous n'avez, comme vous le dites, aucune liberté, disposez au moins de celle que je vous donne qui est de ne pas parler...

— Vous vous êtes mépris, une fois de plus, sur le sens de mes paroles, murmura mon compagnon avec une douceur soudaine qui me fit croire, un instant, que j'avais, en effet, une tendance maladive à interpréter défavorablement ses propos. Je dis « recommençons » parce que c'est pour moi, comment vous dire, un « calvaire » et qu'il faut bien fouailler la bête si l'on veut qu'elle atteigne le sommet.

« Le sommet ! s'écria-t-il avec son rire voulu qui m'exaspérait, le sommet, c'est Stanislau. Qui aurait cru que cette ignoble ville, embourbée par les neiges fût un sommet ? On y porte des prénoms allemands ou polonais ou tchèques. Moi, ainsi, je m'appelle Franz. Maintenant je suis Russe. J'ai été Polonais mais mes parents avaient été Autrichiens. Il ne s'en fallait pas de beaucoup qu'ils aient été Roumains ou Tchèques. Vous voyez : une nationalité fuyante, non, grouillante. Homme des carrefours. Si vous saviez comme il faut avoir la tête solide pour supporter cela ! Les géographes disent une chose, les ethnographes une autre. Ils ne cessent de fournir des alibis aux conquérants. Quels alibis, en fait ? Parce que nous sommes installés à un croisement de frontières précaires on nous dépeint écartelés et tout offerts aux corbeaux de nos plaines. Et, en fin de compte, ce sont les corbeaux qui ont raison... Voilà : j'étais à l'Université de Lwow pour y faire mon droit. La guerre a éclaté : j'ai été soldat. Nous étions très fiers de nos bottes, des bottes noires à tige haute et très souples. C'était ce que l'armée polonaise avait de mieux. Je les ai conservées jusqu'à la fin de ma captivité en Allemagne. Qu'est-ce que vous voulez que je vous dise de plus : la guerre finie, je ne suis pas rentré.

— C'est justement ce qui importe, répliquai-je. Pourquoi n'êtes-vous pas rentré ?

— Les Russes étaient à Stanislau, ma famille avait été dispersée. Je rêvais à l'Amérique. Ce sont là les raisons avouables qui m'ont fait rester ici, celles que j'ai données une bonne vingtaine de fois lorsque les autorités alliées du camp de D. P. m'ont interrogé. Sur le plan social, sur le plan historique, je n'en veux pas d'autres. Au moins, grâce à elles, je corresponds à un type d'individu déclassé, peut-être, inadaptable, mais communément réel et rassurant. En fait, je cours à ses côtés comme aux côtés d'un véhicule dans lequel je ne parviendrais jamais à mettre le pied. Oui, je dis bien, une espèce de véhicule. Les autres y chantent timidement puis se taisent et regardent avec leurs yeux ronds défiler les pommiers de l'Occident. Moi, je m'essouffle ! Tout cela, voyez-vous, est parfaitement absurde et faux !

— Et maintenant ? demandai-je.

— Maintenant ? dit Franz en sursautant un peu

comme si ma question avait saisi « l'instant du flagrant délit ». Maintenant, eh bien, je reste ici parce que je sais...

Des pas s'approchaient de nous. C'était un groupe d'officiers qui parlaient haut et émiettaient par instants dans la nuit le feu de leurs cigarettes.

— Allons plus loin, me dit Franz. Jamais ils ne me laisseront de répit !

Je le suivis mais, pour maintenir une distance convenable entre nous et les officiers, nous fûmes obligés de nous diriger vers le bâtiment des chiens. Les aboiements que j'avais cessé d'entendre, depuis quelques instants, s'accentuèrent. A mesure que, talonnés par le groupe des officiers, nous nous rapprochions du chenil, d'autres aboiements s'élevaient. J'avais cru jusqu'alors que tous les chiens étaient dressés dans leur haine insomnieuse et je découvrais que notre présence suscitait le réveil d'inépuisables nichées, que, centuplé par les sortilèges de la fureur et de la nuit, l'élément se creusait dangereusement et que, tant que nous serions là, il se trouverait toujours une dernière canine pour émouvoir comme une sonde d'os une nouvelle et plus sombre profondeur des ténèbres.

— Vous allez trahir notre présence ! criai-je effrayé à Franz à travers les clameurs des chiens lorsque nous fûmes devant le bâtiment.

Il se retourna, désemparé, vers le mur blanc du chenil, recula lentement puis s'adressant à moi :

— Partons ! Partons ! me cria-t-il et il se mit à courir.

J'allais l'imiter mais le nuage qui masquait la lune se dissipa. Je restai sur place. Les officiers n'étaient plus qu'à quelques mètres de moi.

— Que se passe-t-il ? demanda sévèrement l'un d'eux en devançant ses compagnons et en s'approchant de moi. Ah ! c'est vous... reprit-il plus doucement. Il se retourna : « C'est notre invité, mon commandant ! »

— Quel est cet homme qui s'est enfui, il y a un instant ? me demanda le commandant qui accourait.

— Un de vos employés, Franz, répondis-je très vite comme si j'avais été soucieux de me justifier. Il tenait à me démontrer que les chiens devinaient sa présence à travers les murs du chenil. C'était si vrai qu'il en a été lui-même effrayé...

— N'en croyez rien ! Ne croyez pas cette fable! s'écria le commandant. Ecoutez plutôt...

Il s'approcha de moi, me prit brutalement le bras et se tint immobile à mon côté. Les aboiements continuaient de se mêler en un concert assourdissant avec, toutes les secondes, un glapissement nouveau, une bête nouvelle, débarrassée soudain des langes du silence, à son tour gagnée, à son tour atteinte par le mouvement de propagation qui parvenait à établir dans cet espace clos et obscur des distances insoupçonnées, d'obliques relais semblables à ceux qui couvrent la campagne la nuit, avec ses cris d'animaux, ou les collines avec leurs feux mystérieux, les soirs d'été.

Le commandant lâcha enfin mon bras :

— Eh bien, ne crient-ils pas toujours aussi fort? Il est loin cependant maintenant notre Franz ! Vous voilà éclairé : ces chiens s'ennuient et lorsqu'ils sentent une présence humaine, comme en ce moment, ils nous demandent, dans leur langage, de les laisser sortir. Vous voyez comme tout est simple, mon cher. Vous ne vous trouverez jamais, ici, en présence du moindre mystère.

— Aussi bien je ne cherche pas à en découvrir, mon commandant, répondis-je. Cet homme m'avait accosté, nous avons bavardé...

— Ah ! je devine bien ce qu'il a pu vous dire !

s'écria joyeusement le commandant. Je n'ai de ma vie rencontré un individu aussi compliqué, aussi déroutant. N'est-ce pas votre avis, Issautier ?

— Il est Polonais, mon commandant, répondit en soulignant d'une légère intonation la finesse de sa remarque, l'officier pris à témoin.

— C'est vrai, dit le commandant. Ces gens-là traînent avec eux un romantisme atavique. Mais ce n'est pas tout : Franz nourrit à notre égard ou à l'égard de ce que nous représentons des sentiments subversifs. Je n'hésite pas à le dire.

— Tout à fait exact, mon commandant, dit le capitaine Issautier, qui se mit à parler avec ses camarades sans que je puisse entendre ce qu'ils disaient.

— Je n'irai pas jusqu'à l'accuser d'être communiste, continuait le commandant. D'une part, parce qu'il a refusé de regagner son pays et, d'autre part, parce que les idées qu'il affiche sont un peu plus particulières. Plus dangereuses, plus subtiles et témoignant en tout cas d'un égocentrisme guère admissible chez un marxiste. Pas très loin de l'anarchie, du nihilisme. Dans notre pays, et même ici, en Allemagne, ces mot rendent un son désuet, je le sais bien. Mais ne nous y trompons pas : ils ont encore des racines vivaces. Il est trop simple de penser qu'ils représentent les seules opinions dont on soit parvenu à avoir raison en les faisant entrer dans la « caractérologie ». Il y a là, constamment en germe, un individualisme de masse, retenez bien le mot : un individualisme de masse dont nous n'avons pas fini de sentir les effets. Pour en revenir à notre Franz, je le déclare tout net : je préférerais qu'il soit franchement communiste et qu'il se présente ainsi à nous « à visage ouvert ».

— Vous paraissez, en tout cas, connaître fort

bien les gens que vous employez, dis-je au commandant.

Cette réflexion sembla lui déplaire.

— Oui et non, répondit-il d'un ton bourru. Assez mal, en vérité. Qu'est-ce qui vous faire croire que je connais d'une façon particulière cet homme dont nous parlons. Je suis assez psychologue, voilà tout, ce sont les chiens qui m'en ont donné l'habitude et, comme cela, en passant, j'ai saisi quelque chose de lui. Peu de choses, en fait, et pas plus qu'Issautier, par exemple. N'est-ce pas, Issautier ?

Nous nous étions dirigés vers le mess et les officiers nous suivaient à quelques mètres de distance.

— Je vous demande pardon, mon commandant, dit l'officier interpellé qui, conversant avec ses camarades, n'avait pas entendu les dernières paroles du commandant jusqu'à ce que son nom eût été prononcé.

— J'expliquais à notre hôte que nous ne nous intéressons pas spécialement à cet homme, vous savez, ce Franz, répéta le commandant avec une nuance d'énervement.

— Non, bien sûr, répondit le capitaine, enfin, pas spécialement, comme vous dites, mon commandant. Seules, ses fonctions...

— Ses fonctions ! coupa le commandant. Elles ne sont pas si importantes. Très provisoires, par surcroît. Ses fonctions ! Ne s'agit-il pas là d'un bien grand mot ? Tenez, si nous parlions plutôt d'autre chose ?

L'officier battit en retraite et rejoignit discrètement ses camarades. Mais il me semblait que le commandant n'avait pas tellement envie de parler d'autre chose. Son humeur s'était assombrie. Tandis que nous buvions le dernier verre de la soirée au bar du mess, une question me brûlait les lèvres : « Pourquoi le commandant ne congédiaitil pas Franz, puisqu'il le savait si mal intentionné ? » Mais cette question, je devinais que personne ici n'aurait pu y répondre sans détours. Tout était cependant réuni pour que la vie habituelle pût attester sa pérennité et pour, qu'à défaut d'autres vertus plus cordiales, la logique humaine ne perdît aucun de ses droits. Il n'y avait, en somme, que cette clameur constante, ces aboiements ininterrompus qui révélaient, derrière les gestes quotidiens, l'existence d'une querelle obscure et « mal vidée », d'un vieux litige où les torts et le bon droit s'embrouillaient. Oui, il n'y avait rien d'autre que le témoignage attardé et partial des chiens qui s'adressaient à l'ombre des murs éclairés par la lune, à l'ombre des arbres, à celle des pierres, à tout ce qui n'avait pas d'oreilles pour entendre, à toutes les formes de la nuit qui allaient bientôt passer sans avoir appris — même si c'étaient celles des hommes — à tous ces comparses sans entendement qui participaient malgré eux à ce procès absurde, où une des deux parties appelait opiniâtrement à son secours — avec mille voix comme une tribu sur le point d'être frustrée ou comme un chœur d'orphelins lésés — tout ce qui campait, à cette heure-là, sur la terre et jusqu'aux cailloux des chemins.

J'alléguai la fatigue et je gagnai ma chambre assez vite. J'étais couché depuis assez longtemps déjà, sans pouvoir trouver le sommeil que je cherchais vainement en lisant une vieille brochure militaire, lorsqu'on frappa doucement à ma porte. J'allai ouvrir. C'était Franz.

— J'ai vu de la lumière sous votre porte, me dit-il. J'ai pensé que vous ne dormiez pas. Je voulais vous demander de m'excuser : je suis parti si vite tout à l'heure...

J'avais ouvert ma porte tout à fait, après avoir

reconnu Franz. La lumière que la lampe de la chambre projetait dans le couloir me permit de voir qu'il tenait un jeune chien en laisse. Franz avait suivi mon regard.

— Je l'ai adopté pour essayer de me réconcilier avec l'espèce, m'expliqua-t-il en souriant. C'est lui qui m'a permis de trouver la porte de votre chambre. Il piste déjà très bien. Je lui ai simplement donné à flairer ceci que vous aviez perdu et que je tenais d'ailleurs à vous rendre avant votre départ...

Il me tendit un mouchoir que j'avais, le matin même, glissé dans la poche supérieure de mon veston et qui devait me servir à essuyer les verres de mes lunettes de soleil.

— Vous l'aviez laissé tomber à l'endroit où nous sommes restés longtemps à bavarder. Je repassais là par hasard. Je me suis souvenu qu'à un moment vous vous étiez épongé le front. Et puis, il porte vos initiales...

Ainsi, il connaissait mon nom. Pour banale qu'elle fût, la perte de ce mouchoir, non moins que le profit que Franz en tirait, me laissait perplexe.

— Tout à l'heure, pourquoi ne m'avez-vous pas suivi ? me demanda Franz.

— Mais je n'avais aucune raison de vous suivre ! Je ne tenais nullement à me donner l'air, aux yeux du commandant, d'être pris en faute... Mais ne restons pas là à bavarder, ajoutai-je avec mauvaise humeur, en pensant qu'on pouvait nous entendre depuis les chambres voisines. Si vous tenez à m'expliquer votre fuite soudaine, entrez ici. Je ne vous garderai d'ailleurs pas longtemps, car nous partons très tôt, demain, et il faut que je dorme...

Franz ne parut pas prendre garde à cette absence d'amabilité et entra résolument dans la pièce avec son jeune chien.

— C'est vrai, vous n'aviez aucune raison de me suivre, dit-il en s'asseyant sur le lit sans que je l'y aie invité et en prenant le chien entre ses jambes. Notez que si je suis parti en courant ce n'était pas parce que je redoutais de me trouver nez à nez avec le commandant. Non, c'était à cause du vacarme que menaient les chiens à cause de moi. Les damnées bêtes !

Il releva la tête. Son visage m'avait paru plus jeune dans la nuit. Il avait des cheveux blonds clairsemés. Ses traits étaient tirés, sa bouche un peu grande.

— Elles seraient capables de rendre fou, quelquefois...

Je ne répondis pas. J'examinais la jeune bête couchée à ses pieds. Elle avait un museau pointu, des oreilles droites, des yeux clairs et à peine mobiles qui, non seulement attestaient sa parenté avec les habitants du chenil, mais constituaient une espèce de préalable raffinement de leur caractère et révélaient, au stade de la nudité et de l'innocence, les signes aigus de la sauvagerie.

— N'exagérons pas, répondis-je enfin. Sans doute les chiens aboyaient-ils très fort. Mais ce n'était pas tellement à cause de votre présence. C'était aussi bien à cause de la mienne...

— Si seulement c'était vrai !..., dit Franz en soupirant.

— Mais c'est vrai ! m'écriai-je agacé par cette comédie. Lorsque le commandant et les officiers m'ont rejoint, exactement à l'endroit où nous nous tenions, tous les deux, quelques instants plus tôt, les bêtes ont continué leur vacarme. Le commandant me l'a fait remarquer.

Franz leva les sourcils avec un sourire de résignation et repoussa entre ses jambes son jeune chien qui essayait de se dégager. J'étais habitué à ses silences, mais celui-ci m'irritait particulièrement.

— D'abord, reprit enfin Franz sans relever la tête, lorsqu'ils m'ont senti, leur haine ne tombe pas tout de suite. Ils se souviennent longtemps de mon passage et, de ce fait, ne cessent pas aussitôt d'aboyer. D'autant plus que vous vous trouviez là avec le commandant et les officiers et que ces présences humaines, même si elles ne correspondaient pour eux à rien de précis, entretenaient leur mémoire. Il y a une phase, dans la cruauté, où chaque chair a la même odeur. Et c'est vrai, aussi, pour l'amour... Et puis, ajouta-t-il, sentant qu'il tenait, cette fois, un argument décisif, et relevant la tête, qu'est-ce qui vous prouve qu'ils disaient la même chose ? Qu'est-ce qui vous prouve que leurs aboiements avaient le même ton, moi parti? Ils étaient aussi forts, sans doute...

Il me regardait. Le jeune chien aussi. Je m'inclinai.

— Soit, répondis-je humblement. Mais, entre nous, croyez-vous que cela puisse durer ?

J'étais, comme on dit, « à bout de nerfs ». De nouveau, j'entendais les aboiements des chiens que j'étais parvenu à ne plus percevoir d'une façon consciente avant le retour de Franz. Que le jeune chien de mon compagnon ne s'inquiétât pas de ces aboiements me surprit d'abord, puis m'instruisit. Il n'y entendait pas un appel, non plus que l'écho d'une querelle soudaine, d'un trouble susceptible d'éveiller sa curiosité, mais il semblait, au contraire, par son apparente indifférence, s'associer silencieusement à un chœur dont il connaissait la raison et représenter l'avant-garde muette d'une meute assourdissante et momentanément freinée.

— Je crois que cela peut durer encore un peu de temps, répondit Franz. Je vous l'ai dit tout à l'heure : je pourrais m'en aller, mais je reste ici parce que je sais... Mais peut-être les forces me manqueront-elles, à la longue...

— Expliquez-vous, à la fin ! m'écriai-je. Que savez-vous donc tant qui vous oblige à rester ici ?

— Je vais essayer de vous le dire, reprit-il en donnant une tape amicale sur le museau de son chien qui inlassablement essayait de se dégager de l'emprise des jambes de son maître. Vous me prendrez pour un fou ou pour un orgueilleux. Peu m'importe. Voilà : je reste ici parce que, grâce aux tristes fonctions que j'exerce, j'ai, chaque jour, presque à chaque heure, « comme la révélation de la guerre » ; le mot n'est pas tout à fait assez exact car, me direz-vous, le premier soldat venu, en manœuvre, l'a autant que vous, cette révélation. Je vous répondrai que là il n'y a que simulacre, tandis que pour moi !... Mais en raisonnant de la sorte, nous nous éloignons de la vérité, de ma vérité. J'irai donc plus loin, la guerre n'est qu'un mot sanglant et, après tout, occasionnel, mais, derrière lui, il y a l'horreur sournoise de notre époque, le combat sans nom, la souffrance anonyme, l'oppression quotidienne et, déjà, un peu partout dans le monde, « la situation d'ennemi ».

« Je suis dans cette situation d'ennemi pour les chiens, sans la moindre équivoque, je suis l'ennemi. Et pour les autres... Passons. Poursuivi, traqué, un pas de plus et le chien saute sur moi. Toujours vaincu, mécaniquement bafoué. Que manque-t-il, je vous le demande, pour qu'on se refuse à parler d'une réalité guerrière, d'une transparence guerrière ? Que, le soir venu, on me jette dans un cachot ? Que le sous-officier me brûle la cervelle ? Entre nous, pourquoi ne le feraient-ils pas ou, plutôt, combien de raisons supplémentaires leur faudrait-il pour qu'ils le fassent ? Comptez !

— Ce que vous décrivez n'est après tout que l'image d'une certaine servitude, répondis-je, un peu dérouté.

— Servitude sanglante ! s'exclama Franz, moment de vérité à travers cette torpeur générale qui vous empêche de prendre conscience, je ne dis pas de ce qui vient, mais de ce qui est déjà là, à travers son matin de brouillard ! L'horreur de notre temps où le sang ne transperce pas encore, je la vis chaque jour, alors que des millions d'êtres humains s'endorment dans l'insouciance, la légère inquiétude, la petite psychose, l'attente des mobilisations générales, à la rigueur des grandes déflagrations, et redessinent à leur mesure un profil effrayant, sans doute, mais qui ne ressemble en rien au visage de la « Grande », de la nuit sur le monde, et que je vois apparaître, moi, comme un autre soleil, à travers le brouillard du matin, quand je suis tiraillé par les chiens, que je cours afin de leur échapper, qu'ils me reprennent, que je tombe, à la lisière de ce bois prophétique !

« Et je réponds à votre éternelle question : pourquoi ne vous échappez-vous pas pour de bon ? Parce qu'il faut que quelqu'un sache, parce qu'il faut qu'au milieu de l'inconscience générale quelqu'un profite de la révélation, parce qu'ainsi ça n'aura pas été tout à fait la nuit quand sonnera l'heure de la fin de notre monde, parce qu'ainsi au moins tout ne se sera pas accompli à notre insu...

— Parce que cela aussi, en somme, nécessite un Messie, ajoutai-je.

— Je l'avais prévu, dit Franz en se levant, vous m'accusez d'orgueil. Mais je vous ferai remarquer que je n'ai nullement l'ambition de délivrer des messages. J'assume, à ma façon, les devoirs de la conscience humaine. Vous paraissiez curieux de mon histoire...

— Amicalement curieux, Franz, répondis-je avec précipitation, afin de racheter l'ironie de mes précédentes paroles. Au vrai, ce que je vois en vous, c'est moins l'orgueil que je ne sais quelle complaisance à l'égard de vos propres souffrances car, enfin, je comprends que vous attachiez beaucoup d'importance à la « révélation » qui vous est faite, vos paroles m'ont bouleversé, je l'avoue, mais pourquoi prolonger cette vision, ce martyre ? Ne vous suffit-il pas de savoir ? Ne pourriez-vous pas vous retirer, instruit, en attendant que la servitude, l'inéluctable servitude s'étende et vous reprenne ou que la guerre vous anéantisse, avec les autres ? Car, s'il est exaltant de savoir, doit-on pour cela s'exclure de la communauté ?

— Et pendant tout ce temps il n'y aurait plus personne ? s'écria Franz alarmé, plus personne pour éprouver « valablement », patiemment, chaque jour, l'horreur des temps présents et des temps qui viennent ? Plus personne pour conjurer la surprise, racheter l'inconscience pitoyable...

— Mais quelle rédemption obscure poursuivez-vous là ? demandai-je à Franz. Vous m'inquiétez. Entre nous, la mission que vous croyez devoir accomplir, de quel droit l'accompliriez-vous ? Qui vous en a chargé ? Quelle puissance supérieure, quel idéal que vous ne nommez jamais, à tel point que je doute de son existence, vous incite à l'assumer ? Oui, quelle puissance, quel idéal, si ce n'est « vous » ? Vous, avec votre besoin de rachat et de sublimation. Je parlais tout à l'heure d'orgueil, c'était plutôt « égocentrisme » qu'il fallait dire...

Je me tenais maintenant debout devant lui, dans l'étroite chambre aux cloisons de bois qu'éclairait mal une ampoule électrique nue. Nous étions engagés dans une de ces scènes absurdes où l'on parle trop et trop bien, où l'on oublie le sommeil, où l'on passe devant le tain noir des vitres avec un front plissé par la réflexion, où l'on cherche l'argument final et où, au bourdonnement de coquillage d'un brusque silence, on sait que, dehors, la nuit se poursuit, va pâlir et des gens marcheront déjà dans le coude des collines et je les entendrai...

Le jeune chien se tenait assis aux pieds de Franz, le museau tourné vers la fenêtre, installé dans une image lointaine, du moins « surajoutée », comme la levrette couchée dans le coin de ces tableaux où l'on tue, pleine d'une placidité révoltante où se love paresseusement, peu à peu, l'horreur du crime, la passion grimaçante des personnages et jusqu'à l'éclat inutile du ciel.

— Egocentrisme ? répéta Franz, comme s'il butait sur ce mot scolaire. C'est un mot que j'ai déjà entendu. Le commandant vous a-t-il parlé de moi, tout à l'heure ?

— Il n'a pas, que je sache, l'exclusivité de ce mot, répondis-je, achevant ainsi de révéler qu'en choisissant ce terme, je m'étais, à mon insu, souvenu des propos du commandant.

— Vous a-t-il aussi parlé de ma famille ? me demanda Franz.

— Pourquoi m'aurait-il parlé de votre famille, puisque vous ignorez vous-même ce qu'elle est devenue ? C'est du moins ce que vous m'avez dit.

— Il est vrai que je vous ai dit cela, répondit Franz en souriant. Mais il s'agissait peut-être d'une vérité générale, d'une vérité véhiculée, comme je disais, il y a un instant. Je pourrais vous parler longtemps encore de ces gens qui n'ont pas nom dans l'histoire, dont la vie procède malgré eux d'un principe de négation, qui ne sont ni ceci ni cela, encore qu'on ait multiplié les cas prévus ou à prévoir, et qui rejoignent tranquillement ces espèces de limbes où, au delà de votre univers manichéen, se perpétue et macère, sous la défroque des heimatlos, des déclassés, des criminels, une morne et pleine liberté... Oui, je pourrais vous parler longtemps de cela. Mais il est tard. Je m'en vais. Je vous ai déjà assez fatigué, ce soir...

Il semblait soudain pressé de prendre congé et me tendait la main en souriant, cruellement insoucieux du caractère irrévocable de cet adieu.

— Au revoir, Franz, murmurai-je brusquement ému, en dépit de la désinvolture qu'il affichait. Si vous venez à Paris, demandez-moi au ministère.

— Bien sûr, répondit-il en s'enfonçant dans l'ombre du couloir et en tirant la laisse de son jeune chien. Vous entendez, voilà qu'ils recommencent.

Je tendis l'oreille. Les chiens, dehors, s'étaient remis à aboyer. Franz atteignit le palier.

— Savez-vous pourquoi ils aboient maintenant ? me demanda-t-il négligemment avant de poser le pied sur la première marche de l'escalier de bois. Quand je vous l'aurai dit, vous comprendrez que cela peut résumer toute mon histoire : ils aboient parce que le jour se lève...

Lorsque, un peu plus tard, je descendis de ma chambre où j'avais dormi deux heures à peine, ce n'était déjà plus l'aube, mais la lumière gardait encore assez de gloire et le jour assez de fraîcheur pour que les bêtes du chenil n'aient pas retrouvé leur paix (la retrouveraient-elles jamais, maintenant ?) et pour que les dernières paroles de Franz témoignant de l'orgueilleux et dément désir qu'il avait de s'identifier à la plus éclatante réalité du monde, trouvent, malgré moi, malgré leur absurdité, un dangereux prolongement. J'avais hâte de partir. Mon compagnon de voyage, un fonctionnaire qui n'ouvrait jamais la bouche et accomplissait notre mission itinérante avec ennui et, en quelque sorte, les yeux fermés, se montra enfin.

Notre voiture se rangeait devant nous lorsque le commandant sortit du bâtiment. Sans doute, tenait-il à nous faire, une dernière fois, ses adieux. Mais non. Il venait nous demander si nous accepterions qu'il nous accompagne à Brisach où nous devions rendre visite aux pontonniers du génie.

— J'emmènerai deux chiens, nous dit-il. Il y a longtemps que j'ai combiné cela avec le colonel Vauduy qui commande là-bas : un homme délicieux. Il vous fera assister à une traversée du Rhin de « vive force ». Une merveilleuse occasion, pour moi, de voir comment mes bêtes se comporteraient à bord d'un canot de débarquement. D'ailleurs, vous êtes toujours mes invités et ce soir je vous ramène ici où j'ai préparé quelque chose d'assez gentil, je crois. Non, non, ne vous dérobez pas ! Nous aurons aussi un dîner, en votre honneur, un grand dîner. J'ai lancé des invitations jusqu'à vingt kilomètres à la ronde. Il y aura les meilleurs officiers de la région, vous les connaîtrez, vous leur parlerez. Leurs femmes les accompagneront. On dansera. Et puis, il y aura ce que je vous ai promis, quelque chose comme un exercice. Mieux que cela. Car jusqu'ici, mon cher, vous n'avez rien vu...

Je l'invitai, sans autres formes, à prendre place dans la voiture, puis je m'enquis des bêtes qu'il comptait emmener.

— Tout est prévu, me répondit-il, elles nous suivront à bord d'une jeep.

La voiture démarra. Assis près de moi, le commandant essayait de m'arracher mon consentement pour la soirée prévue. J'alléguai notre programme chargé, la fatigue que je ressentais au sixième jour de ce voyage, la hâte que j'avais de rentrer à Paris. Faux prétextes qui n'étaient destinés qu'à retarder l'acceptation dont les mots étaient sur mes lèvres dès qu'il avait formulé son invitation, réticences nonchalantes qui dissimulaient le plaisir que me procurait (sans que je sache pourquoi) l'idée de revoir Franz.

J'avais retrouvé dans une de mes poches le mouchoir qu'il m'avait restitué en venant dans ma chambre et qui, symbole douteux, eût associé notre rencontre à une trouble idylle, si l'empreinte d'un museau de chien n'y eût fait courir le faufil noir du flair et ne l'eût, hors de sa blancheur et de sa légèreté équivoque, jeté comme un nénuphar sur un sombre courant, jeté sur la piste au bout de laquelle, après avoir essaimé je ne savais quelle odeur, j'attendais, tranquille, entier, le sexe pendant comme une cloche, oui, j'attendais stupidement « au bout des chiens ».

Mais ce mouchoir, je soupçonnais Franz de me l'avoir dérobé (ce qui, on en conviendra, ne simplifiait nullement les choses). Il ne pouvait, il est vrai, me l'avoir volé qu'à un moment où rien ne menaçait de nous séparer, alors que nous parlions dans la nuit, que nous cheminions côte à côte, ce qui impliquait que, pour se livrer à un acte aussi prévoyant (le mot «délictueux » ne me venait pas à l'esprit), il ait été à la fois dûment averti de la brièveté de notre rencontre et soucieux de la renouer quelque part et même si cela devait être dans la piètre matérialité de ce « souvenir ».

Il est vrai aussi, qu'ici les « souvenirs » de cette espèce pouvaient trouver, grâce au flair des chiens, un prolongement clandestin et qu'il n'était dépôt de cette sorte que vous ayiez cru confier au passé et qui ne vous tînt à jamais en laisse, je veux dire « au bout d'une laisse de chien ». Le temps importait peu et, loin de dissoudre cette dépendance, la fortifiait. Un officier m'en avait, la veille, donné un exemple. On employait maintenant à Appenweier des chiens au détectage des mines terrestres. Les résultats étaient très satisfaisants. Non, cependant, que l'odeur ou le magnétisme du corps métallique enterré vînt flatter le nez des bêtes, mais parce qu'à la longue, autour de cet objet incongru enseveli, la terre se dépensait en une espèce de floraison cryptogamique dont la senteur affleurait à la surface du sol. Ainsi, plus l'enterrement de la mine était ancien, plus sa présence olfactive était saisissante. Et il me semblait qu'enfoui dans le plus noir oubli, ce mouchoir, le mien, aurait pu, pourrissant chaque jour un peu plus l'élément même de son exil, me rattacher par un de ces liens ténus qui, à notre insu, nous emprisonnent souvent (ici, un mince filet d'odeur), à la soirée de juillet au chenil, à Franz et, en fin de compte, irrévocablement, aux chiens qui aboient la nuit...

— Entendu pour ce soir, dis-je au commandant. Je serai des vôtres.

Il se renversa sur le siège de la voiture, puis nous fûmes tout de suite au bord du Rhin qui, grâce aux vertus du matin, s'inscrivait dans cette géographie du salut où se dressent des bosquets fêteurs, où des collines modèlent les courbes de l'accueil et où s'allongent, avec leur plein de veines caves, les grands fleuves secourables.

Des officiers du génie nous attendaient, prolongeant ici une attente qui était leur fonction même et qui était tantôt l'attente des recrues, des renforts, tantôt l'attente de l'heure du rassemblement, de la visite du général, de la guerre, puis, la guerre venue, des ordres du même général et érigeant ainsi, dans cette attitude finale de disponibilité, ces armées, ce grossier bloc marmoréen sur lequel les nations sommeillantes s'accoudent. Le soleil était déjà haut dans le ciel. Sur la berge allemande du fleuve où nous nous tenions, de jeunes soldats, le torse nu et casqués, paysans de l'Yonne ou de la Vienne, embauchés dans cette mythologie qui les dotait d'attributs guerriers et de nudité, s'apprêtaient à construire au chronomètre un pont métallique qui serait jeté au-dessus du courant sur des radeaux et dont les poutrelles venaient d'être déchargées à leurs pieds.

Tout au bord de l'eau, d'autres soldats allaient et venaient, puis s'installaient, solitaires, contre des buissons. Chacun d'eux portait le « walkie-talkie » et, appuyé contre le talus, s'absorbait dans une confidence interminable comme un enfant qui se raconte ses peines, levait parfois un regard mélancolique vers l'eau où glissait une péniche automoteur venue de Suisse, bleue et jaune et pavoisée de lessives.

A bord d'une vedette, nous traversâmes le fleuve pour accoster sur la rive française d'où partiraient les canots devant participer à l'exercice de traversée de « vive-force ». Le commandant tenait ses chiens tout contre lui. Ils geignaient doucement et bavaient dans cette confusion de sentiments propre aux chiens, où se mêlent indistinctement l'ennui et la convoitise et où devaient alterner interminablement, engrenés dans cette mécanique du leurre qui est l'enfer des animaux, la succulence des rives et la peau de serpent du Rhin. Ils ne cessaient cependant d'être redoutables et nul d'entre nous n'eût songé à tendre la main vers eux, mais je découvrais que leur férocité était une sorte de déclic infaillible (mais posé à quelque distance), un piège luisant et sûr autour duquel s'étendait une courte zone odorante où, dans un brouillard tremblant, pouvait pleurer et geindre un instant une ombre de chien propice aux caresses de l'homme.

Les exercices commencèrent dès que nous eûmes abordé. Ils devaient se prolonger toute la journée. Toutes les cinq minutes, les soldats s'élançaient avec une conviction touchante dans les canots de débarquement, allumaient sur la rive d'attaque des pétards fumigènes, mettaient en marche leurs moteurs qu'on lançait à l'aide d'une corde enroulée comme des toupies, se couchaient ensuite à plat ventre au fond de leurs embarcations, avec un empressement maladroit qui, en temps de guerre, aurait fait dix morts, puis filaient droit sur la rive opposée, tandis que les lourdes péniches venues de Kehl, de Thurgovie ou des Flandres ralentissaient dans le chenal et poussaient précautionneusement à travers la fumée brune des pétards, leurs hautes proues ourlées d'eau verte, comme un laboureur surpris par un vol d'étourneaux.

Le soir nous trouva sur la berge, au milieu des canots retirés de l'eau, des poutrelles de pont enchevêtrées, des sous-officiers qui, dans la confusion générale, essayaient de rassembler leurs hommes.

— Nous filons, dit le commandant qui s'impatientait, tout le monde nous attend déjà chez moi.

Une heure plus tard, notre voiture franchissait les grandes portes du chenil et les chiens mettaient dans la nuit, derrière leurs murs blancs frappés par la lune, cette folle clameur d'accueil, ce franc et centuple désir qui vous dénudait jusqu'aux os.

Le dîner, qui réunissait une trentaine de personnes, fut animé et parcouru par ces ondes de lumière que déclenche rapidement la première ivresse du vin et qui, au milieu du brouhaha, s'accrochent aussi bien sur la pièce d'argenterie la plus « accidentelle » que sur une longue parole isolée dans la rumeur, sur un visage, un rire, une gorge de femme et sèment dans l'air opaque des zones d'éblouissante fixité comme le feu triangulaire des cristaux. Il fut bientôt grand temps de sortir. Dix heures sonnaient au clocher d'Appenweier lorsque nous nous retrouvâmes dehors sous une lune d'une étonnante nouveauté, vers laquelle les visages se renversaient, dans une sorte d'aspiration ou de béatification, comme si soudain, alentour, la nuit eût cimenté les murs de l'asphyxie. Les conversations s'apaisaient. Le commandant éleva la voix pour nous recommander de ne pas nous disperser et gravit prestement les marches du perron :

— J'ai pensé qu'il serait bon et même « romantique » de couper cette charmante soirée par une promenade dans les bois. C'est pour cela que je vous convie maintenant à un spectacle qui, pour les dames, ne sera, je l'espère, qu'un agréable spectacle et qui, pour ceux d'entre nous qui ont pour mission la chose militaire, constituera une démonstration pleine d'enseignements.

« Des commandos sont déjà partis dans la forêt. Ils sont uniquement composés de chiens, à cela près que des hommes, des « maîtres », comme nous disons ici, les accompagnent. Quelle est leur mission ? Quel est le thème de cet exercice ? Je vais vous l'exposer le plus brièvement possible. Nous admettons que ces bâtiments forment la ligne avancée d'un front; ce sont, en somme, des avant-postes. Dès la lisière du bois que vous apercevez d'ici s'étend un *no m'an's land* parcouru par nos patrouilles et par les patrouilles adverses.

« Des guetteurs ennemis y sont postés. Ils observent le mouvement de nos patrouilles, les signalent à leurs arrières par phonie, se laissent déborder, puis nous prennent à revers à l'aide de leurs armes automatiques. Tout cela pour la simple raison qu'à moins de tomber littéralement sur ces guetteurs — ce qui d'ailleurs leur donnerait encore l'avantage de tir — nous ne pouvons deviner leur présence. Aussi, avant de nous engager dans le bois, allons-nous y lancer une patrouille de chiens. Rampant, se glissant silencieusement à travers les plus épaisses broussailles, guidés infailliblement par l'odeur de l'homme, ils fondront sur les guetteurs avant que ceux-ci n'aient deviné leur approche. Ils les prendront à la gorge et, avec un peu de chance, ils les terrasseront sans bruit. Nos hommes n'auront plus qu'à traverser le bois, les mains dans les poches, et qu'à surprendre les avant-postes ennemis confiants en leurs guetteurs.

« Voici donc les grandes lignes de la manœuvre. Trois hommes-mannequins se sont enfoncés dans le bois. Ils n'ont reçu aucune consigne, hormis celle de s'y tenir jusqu'à l'arrivée des chiens. Toutes les ruses leur sont permises. Nos bêtes nous attendent à la lisière. Et maintenant, mes chers amis, en route, je vous précède... »

Le commandant sauta de son perron et, au passage, me prit par le bras :

— Nous ne nous quittons pas...

Nous traversâmes la cour rapidement. Derrière nous, les officiers et les invités trottinaient en s'essoufflant : on eût dit une noce appelée pour un incendie. Nous trouvâmes les bêtes et leurs maîtres à l'orée du bois, à demi dissimulés dans les buissons. La nuit était mi-claire avec des passes de nuages, des golfes de lumière lunaire, des plages, des fonds marins, littoraux fugaces qui n'animaient, sur la terre, qu'une nuit tiède où tout se bornait à des feuilles qui bougeaient et ne bougeaient plus et, maintenant, à des menaces de pluie.

Les chiens tenus en laisse demeuraient silencieux, profondément inoccupés, un peu plus « bas sur pattes » qu'ils ne m'avaient semblé la veille, résumés en une présence oiseuse comme une domesticité vile et absurdement attardée à qui l'on allait ordonner d'aller coucher et qui se dissoudrait rapidement dans cette laborieuse nuit pétrie de nuées.

— Allons ! Allons ! cria le commandant avec impatience aux gardiens des bêtes. L'exercice commence...

Dans un froissement de feuillages, les hommes se baissèrent pour défaire les laisses des chiens. Ils les exortèrent ensuite à la recherche avec des voix qui avaient été des voix de bouviers. Derrière nous les invités et les officiers bavardaient.

— Ils sont partis, me dit le commandant, suivons-les à distance.

Nous commençâmes d'avancer à travers les futaies. De temps en temps, le commandant faisait fonctionner une lampe électrique de poche puis la tournait vers le groupe qui nous suivait afin d'éclairer le chemin. Les invités devenaient de plus en plus bruyants et se signalaient les obstacles : « Il y a de l'eau ici ! Attention à la branche ! Un fossé ! » Des rires s'élevaient et les chiens avançaient devant nous comme un feu sournois, respiraient dans les feuilles et nous aurions marché derrière eux avec des lampions et de la musique que le contraste n'aurait pas été plus insupportable, plus aiguë la cruauté de cet instant. J'imaginais facilement les trois mannequins, chacun debout près d'un arbre comme un pendu, solitaires, anxieux, suspectant la nuit et percevant à travers les ténèbres ces rires qui couvraient des ombres de chiens rampant dans les feuilles mortes et j'imaginais aussi Franz — car il était là-bas, je le devinais — plus solitaire que les autres, dressé un peu plus dans cette petite nuit bousculée par une « fête de famille », mais crucifié au milieu de l'Europe endormie qu'il rassemblait autour de lui laborieusement et au cœur de laquelle, en fin de compte, les chiens des ténèbres allaient porter leurs crocs.

— Nous en avons un ! Nous en avons un ! crièrent les éclaireurs qui suivaient les chiens.

Le commandant courut vers eux. Je le suivis. Il alluma sa lampe de poche. Deux chiens tiraient un homme revêtu de sa lourde combinaison protectrice, proie docile qui, maintenant que le jeu, pour lui, prenait fin, essayait sans succès de parler aux bêtes.

— Nous n'avons plus besoin de vous, Andréi ! lui cria le commandant. C'est bien. Vous pouvez rentrer au quartier.

Les maîtres rappelèrent leurs chiens et l'homme libéré passa lourdement près de nous en faisant le salut militaire.

— Qu'en dites-vous ? me demanda le commandant. Ils n'ont pas mis beaucoup de temps à le dénicher et, notez bien, que pour le trouver ils ont dû se porter largement sur la gauche. A dix, ils battent une bande de terrain d'au moins un kilomètre de large et cela sur une profondeur illimitée ! Un ratissage, un véritable ratissage, il n'y a pas d'autre mot !

Il éteignit sa lampe et nous reprîmes notre marche. Dix minutes plus tard, très loin sur la droite, cette fois, on nous signala une nouvelle prise. Nous négligeâmes de nous rendre sur les lieux. Je le regrettai. Il s'agissait peut-être de Franz. Je ne résistai pas à l'envie de questionner le commandant.

— Cet homme dont nous parlions hier soir et avec qui j'ai bavardé... Franz, je crois, participe-t-il à l'exercice ? lui demandai-je.

— Bien sûr et je crois même qu'il reste seul maintenant dans le bois. Je ne pense pas que ce soit lui qu'on vient de prendre. Il serait revenu vers nous pour se montrer. C'est un garçon bien étrange. En réalité, il ne se pardonne pas d'avoir laissé sa famille là-bas et d'avoir du même coup déserté son pays. Il nous hait parce que nous sommes l'image de son abandon... — ou quelque chose de ce genre, vous voyez ce que je veux dire... — Mais cette haine, moi, je voudrais bien la lui faire rentrer dans le ventre pour qu'il la porte jusqu'au bout. Il y a une foule de gens qui, comme lui, s'ébrouent dans la honte, la lâcheté ou ce qu'on voudra de semblable. Comme des chiens mouillés. Finalement, ce serait vous qui seriez mouillés. Pas de ça. Ce que j'en dis, d'ailleurs...

— Mais il m'avait dit qu'il avait perdu sa famille, répondis-je.

— Ah ! ce qu'il dit ! s'écria le commandant avec lassitude. Au fond, cela importe peu. Ce qu'il faut maintenant, c'est que nous l'agrafions solidement !

Nous marchâmes encore longtemps sans parler. Les invités et les officiers s'étaient lassés ou s'étaient attardés avec les femmes et nous ne les entendions plus derrière nous. La nuit, la nuit du chenil retrouvait soudain sa densité première et, dans une sorte d'accomplissement comme on n'en rencontre que dans les rêves, je faisais maintenant partie d'un trio significatif, avec Franz et le commandant pour seuls compagnons, au sein d'une forêt nocturne où nos comptes secrets, ici débités d'un soupçon, là crédités d'un silence, allaient peut-être « se régler ».

Nous marchions. Je commençais à être fatigué. Le commandant ne disait plus rien. Nous n'entendions plus que les éclaireurs et, par instants, revenant à ma lucidité quotidienne, je me demandais ce qu'après tout je faisais là. Et, brusquement, des aboiements s'élevèrent assez loin devant nous.

— Je crois que nous le tenons, cette fois ! s'écria le commandant et, avant que j'aie pu ouvrir la bouche, il s'élança en avant.

Je le suivis mais mon pied heurta bientôt une racine et je tombai, les mains en avant, dans les feuilles mortes. Je me sentis soudain extrêmement malheureux. Plus loin, dans l'obscurité, les chiens aboyaient très fort. Je me relevai et je repartis en maudissant le commandant qui ne pensait pas à faire fonctionner sa lampe de poche. Je le maudissais machinalement en courant, un peu comme on s'accroche à un grief mineur, ressassé interminablement dans les aventures du rêve alors qu'on est emporté par un élan vaste et obscur et qu'on accomplit un destin singulier en pétrissant avec une contention sénile le pommeau de la selle, ses nervures profondes.

Je courais maintenant derrière le commandant avec le seul souci de le rejoindre, de lui demander humblement d'éclairer le chemin, car s'il m'abandonnait ce serait la nuit, le silence et rien n'aurait plus de raison. Je m'essoufflais.

— Mon commandant ! Mon commandant ! Attendez-moi ! criai-je.

— Venez, nous y arrivons ! me répondit-il.

Et ces paroles hachées, notre course finissaient par donner un rythme fou à cette aventure, on nous aurait vus déboucher du bois en pleine lune, avec de l'écume aux lèvres, comme des chevaux sauvages, au milieu de l'étonnement général, que la vérité de cet instant eût encore été entièrement préservée. Heureusement, le bois nous gardait. Il avait pris, semblait-il, des dimensions suffisantes. Une branche me cingla le visage. J'en aurais pleuré. Et je me remis à courir. Les chiens n'aboyaient plus. Si. Ils hurlaient maintenant.

— Arrêtez ! me cria le commandant.

Il était près de moi, immobile. Il haletait.

— Le salaud ! Il était monté dans un arbre. Les chiens l'ont repéré mais il avait ses poches pleines de pierres et il les leur a lancées afin de pouvoir redescendre. En bas, il les a écartés à coups de gourdin puis il s'est enfui. C'est pour cela que nous avons couru si longtemps. Maintenant il est cerné, il est « fait ». Oh ! que se passe-t-il ?

Un chien, devant nous, hurlait de douleur en s'enfuyant à travers bois. Le commandant qui avait repris son souffle s'élança vers l'endroit où Franz livrait bataille. On entendait, par instants, les chiens rugir de colère. Un d'entre eux, touché à son tour, se mit à geindre désespérément en restant sur place. De temps en temps, comme un bruit de fléau, je percevais les coups que Franz assenait aux bêtes assaillantes. Une grosse pierre roula dans les feuilles. De nouveau, un chien se mit à pleurer de douleur.

— Franz, rends-toi ! Cesse de frapper mes bêtes ! cria le commandant en s'avançant encore et en faisant fonctionner sa lampe. Franz, tu entends ? C'est un ordre, cette fois, rends-toi !

Les chiens étaient si déchaînés que le commandant n'osait s'approcher davantage. Il se tourna vers moi, impuissant :

— Il me les démolit ! Qu'est-ce qu'il lui prend, ce soir ?... Franz ! cria-t-il encore, pour l'amour de Dieu, cela a assez duré ! Laisse-toi prendre, elles se calmeront ! Tu m'entends ! L'exercice est terminé ! Si tu ne cèdes pas...

Franz ne répondait pas. Les chiens aboyaient, rugissaient, hurlaient de douleur, s'excitaient, se jetaient sous les coups et, toujours, on entendait le bruit de fléau du gourdin que maniait Franz, des pierres qu'il lançait parfois sur ses assaillants et qui roulaient jusqu'à nous à travers les buissons.

— Les « maîtres » ont été distancés, se sont égarés comme il fallait s'y attendre ! s'écria le commandant en tournant nerveusement sur place. Des incapables ! Des incapables ! Et ce dément qui est en train d'assommer mes chiens ! Il ne veut même pas répondre. Parlez-lui, vous, qui semblez si bien le connaître ! On ne sait jamais...

Non, on ne savait jamais. On ne saura jamais. Je me suis avancé d'un pas :

— Franz ! ai-je crié. Le commandant a raison. Cessez de frapper !

— Qu'est-ce que vous faites là ? répondit Franz en éclatant de rire.

Il allait descendre du tertre sur lequel il se tenait lorsque les chiens, profitant de l'accalmie, s'élancèrent sur lui en rugissant et s'accrochèrent à sa combinaison rembourrée.

— Je ne peux pas bouger ! cria Franz joyeusement. Où sont les maîtres ?

— Ils vont venir, répondit le commandant qui s'était apaisé.

Il se tourna vers les profondeurs du bois et se mit à lancer des appels afin de rallier ses hommes. Franz restait sur son tertre, solidement amarré par les chiens. Je fis un pas vers lui. Il entendit que je m'approchais :

— Ne venez pas ici, me cria-t-il, ils seraient

bien capables de se retourner vers vous ! La démonstration vous a-t-elle intéressé ?

J'étais assez près de lui pour lui répondre sans avoir besoin d'élever démesurément la voix.

— Passionné, Franz. Je suis heureux de constater que vous avez enfin trouvé une issue. Votre attitude n'est-elle pas la solution du problème dont nous parlions hier soir ?

Le commandant se rapprocha de nous. Les maîtres, égaillés dans la forêt, lui avaient répondu et allaient nous rejoindre.

— Vous avez marqué des points, ce soir, Franz, dit le commandant. Je vois que vous êtes vraiment de taille, mais ne croyez pas que je m'avoue vaincu définitivement. Nous nous retrouverons bientôt, mon cher.

— Je l'espère bien, mon commandant, répondit Franz.

Les hommes étaient près de nous, ils appelèrent les chiens qui lâchèrent leur proie et les attachèrent aux laisses.

— Venez, me dit le commandant, les invités nous attendent.

Franz était descendu de son tertre et marchait à quelques mètres de nous. Je n'osais plus lui adresser la parole en présence du commandant. Au bout de quelques secondes, le commandant me pria de m'arrêter afin que Franz nous dépassât. J'obéis. Franz s'éloigna dans la forêt pesamment, non comme un homme accablé mais plutôt semblable à un être primitif, trop grand et trop corpulent, alourdi par les premières missions de l'espèce, qui traverse une forêt immense, se dirige vers la lisière où l'attend un des premiers matins du monde.

Je partis, le lendemain, sans l'avoir revu.

Quelques mois plus tard, le courrier du Ministère m'apporta une carte de vœux qui portait la signature de Franz. Il était toujours à Appenweier, il continuait de s'occuper des chiens. Le texte de ce message était bref et d'une banalité extrême. Cependant, je remarquai qu'à deux reprises Franz avait orthographié le nom de ses bêtes non pas « chiens » mais « cheins ».

Je ne crus pas un instant à une erreur. Je continue de penser, aujourd'hui, que ce n'était pas par pur accident, étourderie, main lâche, que le mot-clef de cette histoire s'était dangereusement transfiguré jusqu'à devenir une espèce de syllabe berbère, un caillou étranger sans éclat roulant plus lentement que les autres dans le lit des mots. Le destin qui avait présidé à sa métamorphose (la plus économe qui soit, ajustée à l'inversion de deux lettres) était présent, restait présent dans cette confrontation de l'homme et de la bête.

A chaque instant, la bête peut changer : nous sommes à la lisière. Il y a le cheval dément, le mouton rage, le rat savant, l'ours impavide, sortes d'états seconds qui nous ouvrent l'enfer animal et où nous retrouvons, dans l'étonnement de la fraternité, notre propre face tourmentée, comme dans un miroir griffu.

Achevé d'imprimer par Dupliprint,
à Domont (95) en juin 2023.
Dépôt légal : juin 2023.
Premier dépôt légal : avril 1978.
Numéro d'imprimeur : 2023060415.

ISBN : 978-2-07-029925-6/Imprimé en France

617044